미국의 묵시록

미국의 묵시록

종말론의 관점에서 미국을 말하다

서보명 **지음**

아카넷

프롤로그

나의 미국

1

지난여름 오랜만에 학교에 갔더니 우편엽서 한 장이 날 기다리고 있었다. 필기체로 흘려 쓴 내용이 눈에 잘 들어오지 않아 앞면의 그림을 먼저 확인했다. 수채화로 보이는 그림은 낡은 오두막집이었다. 더는 궁금해할 필요가 없었다. 내가 아는 그런 오두막집은 오직 하나, 바로 헨리 데이비드 소로Henry David Thoreau가 월든 호숫가에 짓고 2년을 살았던 그 오두막집뿐이었다. 엽서를 보낸 사람은 두 학기 전 내 에머슨Ralph Waldo Emerson 수업을 들은 학생이었다. 감리교 목사의 아들로 자랐지만, 대학을 졸업한 후 오랜 사회생활을 하다 뒤늦게 떨쳐낼 수 없었던 질문들을 가슴에 안고 신학 공부에 뛰어든 중년의 백인 학생이었다. 에머슨과 소로가 남긴 사유의 전통과 그들이 남긴 미국에 대한 상상과 기대에 감동이 있었던지 방학을 이용해 월든 호수가 있는 매사추세츠주 콩코드라는 동네까지 여행을 떠난 것이다. 소로를 생각하면서 호수를 구경하고 엽서 한 장을 사 내게 인사차 보낸다고 했다.

지금은 흔적도 찾을 수 없는 소로의 오두막집을 마음속에 간직하고 있는 미국 사람들이 적지 않다. 호수만큼이나 커 보이는 주차장만이 방문객을 기다리고 있지만, 순례하듯 그곳에서 미국의 정신적 본질을 찾고자 하는 사람들의 발길이 끊이지 않는다. 소로의 월든 호수에 투영된 정신이 미국의 어떤 가치를 대변하고 그의 사상에 문학이라는 분야의 역사를 넘어 재발견되고 이 시대에 실천될 수 있는 이상이 담겨 있다고 믿는 건 어렵지 않다. 경향에 흔들리지 않고 양심에 이끌리는 삶, 전체의 이름으로 용납되는 구속에 저항하는 독립적인 삶, 타인이 나보다 특별히 나을 게 없다는 자존적인 삶의 자세는 소로가 19세기 중반 미국에 남긴 유산이다. 자유를 실천으로 완성하고, 자연으로 인간을 새롭게 이해하자는 그의 주장은 낭만적인 수사로 들릴 수도 있었지만, 소로 자신이 직접 실천한 삶의 모습이었기에 많은 사람들에게 감동을 주었다. 그가 에머슨과 함께 미국의 정신적 독립을 선언했다는 말도 틀리지 않다. 20세기의 평화운동과 환경운동은 그의 이름을 앞세웠고, 그의 사상에서 미국을 찾는 사람도 적지 않다.

기억을 더듬어보면 오래전 뉴저지주에서 대학을 다니던 첫해, 내가 교과서를 제외하고 샀던 책 세 권이 있었다. 헨리 소로의 『월든Walden』, 잭 케루악Jack Kerouac의 『길 위에서On the Road』, 로버트 M. 피어시그Robert M. Pirsig의 『선과 모터사이클 관리술Zen and the Art of Motorcycle Maintenance』이었다. 특별한 독서계획이 있었던 건 아니었다. 그저 당시 미국 학생들이 많이 읽었고 대화의 화제로도 자주 등장했기 때문에 샀다. 그 책들이 얘기하는 독립적인 사고, 자유로운 삶, 저항 정신 같은 것들을 상상하고 추구하는 건 자본주의에 완전히 취하지 않았던 그 세대 젊은이들의 특권이자 의무였다. 독서를 통해 그 책들이 비슷한 주제를 다루었고, 그 한 부분이 미국 그리고 미국인으로 사는 것의 의미라는 것도 이해하게 되었다. 케루악과 피어시그가 소로의 『월든』을 시대에 맞게 응용하고 있다는 것도 별다른 해석 없이 알 수 있었다. 피어시그 책의 주인공은 모터사이클 여행길에 『월든』을 갖고 떠난다. 마치 그것이 정신의 나침판이나 지도책이 되는 것처럼.

케루악은 어린 시절을 소로의 그늘에서 보냈다. 작가로서의 정신세계만이 아니라, 케루악이 성장했던 도시가 실제로 소로의 콩코드에서 차로 20여 분밖에 걸리지 않는 곳에 있었다. 소로의 첫 작품 『소로의 강_A Week on the Concord and Merrimack Rivers_』에 나오는 메리맥강은 로웰Lowell을 가로질러 흐른다. 자동차가 없던 시절 소로는 산업화되어가는 세상에 저항해 길을 나섰다. 걸어서 몇십 분밖에 걸리지 않는 호숫가였지만, 그에게는 질적으로 다른 공간이었고 그가 추구했던 의식적인 삶을 실천하기에 충분한 장소였다. 소로의 뒤를 따른다고 자처했던 케루악은 그보다 100년 후 핵무기가 지배하는 냉전 시대가 등장하던 때 길을 나섰고 시대에 대한 저항을 선언했다. 소로의 책은 지금도 가끔 찾게 되지만, 케루악의 책은 몇 년 전 그 책을 배경으로 한 영화가 마침내 개봉되었다는 소식을 접하고서야 다시 떠올릴 수 있었다. 여하간 미국에 대한 내 생각의 방향은 오래전 이들과 함께 설정되었던 것만은 분명하다.

2

미국이란 무엇인가? 이 질문은 미국에 사는 나에게 오랜 집착이었고 풀어야 할 숙제였다. 막연한 실존적인 질문이기도 했지만 돌이켜보면 내가 선택한 공부에 지속적인 영향을 미쳤다. '아메리카America'라는 단어는 늘 나의 시선을 끌었고, 미국 안팎에서 생산되는 미국론은 언제나 나의 관심이었다. 영화에서 미국을 보았고, 문화 이론에서 미국에 대한 설명을 찾았고, 에머슨과 소로에게서 그들의 이해를 구했다. 존 듀이John Dewey와 리처드 로티 Richard Rorty도 그들이 미국에서 미국의 철학을 했다는 점에서 중요했다. 그러나 내가 공을 들여 공부한 분야는 (만약 그런 분야가 있다면) 미국 밖에서 본 미국이었다.

19세기 이후 유럽의 지식인들 가운데 미국이라는 나라의 실험을 특이하게 여기고, 그 현상을 학문적인 관찰로 담아낸 사람이 많았다. 토크빌에서 디킨스, 헤겔에서 아도르노, 사르트르에서 보드리야르에 이르기까지 다양한 인물들에게 미국은 상상과 환상 또 이론과 철학의 대상이었다. 이방인의 관찰이 특별히 더 나을 게 없고 미국을 그들 철학의 부속품으로 만들어버리는 과정에 무리가 따르기도 하지만, 미국의 역사는 이미 이념의 역사로 존재하고 있었고 그들은 단지 그 역사에 참여했을 뿐이었다. 이처럼 미국이 이해를 필요로 하는 나라가 된 것은 그만큼 쉽게 파악이 안 되는 면이 많았기 때문이다. 서양 철학의 역사로 이해될 수 있는 나라는 미국밖에 없다. 그리고 기독교 신학의 개념들을 배제하면 이해하기 힘든 나라도 미국이 유일하다. '미국이란 무엇인가?'와 같은 차원의 질문이 성립되고 그런 질문의 역사가 지성사의 일부를 형성하고 있는 나라는 미국밖에 없다. 그 질문에 대한 답은 긍정적 또는 부정적일 수도 있고, 변증법적일 수도 있다. 그러나 미국의 정치적인 정체성이 분명히 드러난 20세기 중반 이후에도 그 질문은 계속되었다.

미국을 좋게 보지 않는 사람들이 흔히 지적하는 것은 세계대전 이후 미국의 패권주의적 정책이 스스로 내세운 자유와 민주주의라는 개념과는 상반되게 공격과 지배와 고통을 가중시켰다는 것이다. 이것은 반미적인 성향을 현실적으로 이해하는 것이다. 이는 틀린 얘기가 아니지만, 미국을 그렇게 만든 내적인 동기는 설명하지 못한다. 미국이 세상을 위협하는 존재라는 인식이 높아져도 미국 내부에서는 미국의 선한 동기를 믿는 사람들이 많다. 자유와 민주의 종주국인 미국이 결코 나쁜 의도가 있을 수 없다는 순박한 선민의식이 거기에 작용한다. 그런 의식이 미국은 다르다는 예외주의를 낳았고, 예외주의는 예외적인 심판자라는 자의식을 만들어냈다. 최후의 심판은 신의 영역일지라도, 예외주의와 선민사상은 심판과 판결과 종결에 익숙한 미국의 문화를 만들어냈다. 거기서 서부영화 보안관의 선악관과 근래의 총기 사건들에 연루된 미국 경찰관의 선악관에 공통된 이념적 뿌리를 찾을 수 있다. 법의 심판을 받고 감옥에 갇힌 사람들의 비율이 가장 높고, 같은 범죄에도 가장 무거운 형벌을 내리는 가혹한 나라가 되었다는 사실에도 문제를 느끼지 못하는 국민 의식은 종교적 이념으로밖에는 설명되지 않는다.

3

이 책이 담고 있는 주제는 비교적 잘 다뤄지지 않는 묵시록이라는 종말론이다. 미국을 바라보는 수많은 정치적이고 문화적인 시각이 있지만, 미국의 정신이라고 할 만한 의식 깊은 곳에 자리 잡은 것은 종말론이다. 종말론은 세상의 끝에 관한 담론이다. 종말론은 기독교에서 출발한 서구 사상의 핵심적인 요소이고, 이를 배제하고 서양의 문화를 이해할 수 없다. 또한 묵시록은 종말론의 한 종류로 세상의 종말이 폭력과 환란을 수반한다고 믿는 사상이다. 종말론이 한 나라의 사상과 문화적 성향을 좌우하는 예는 미국 밖에서 찾을 수 없다. 미국의 이념은 종말론에서 출발한 것이고, 그 증거는 미국의 역사와 문화에서 찾을 수 있다. 그 이념 속의 미국은 새로운 에덴이었다. 낡은 세상에 종언을 고하고 새로운 세상을 준비할 약속의 땅이었다. 청교도들이 처음 제시한 이 약속은 미국의 독립전쟁을 통해 정치적으로 구체화되었고, 남북전쟁을 통해 그 대상을 확장했다. 미국의 종교와 사상은 이 약속의 의미를 추구하고 재해석하는 역할을 맡아왔다.

미국의 사상을 떠올리면 흔히 계몽주의나 실용주의를 먼저 생각하게 되고, 그에 대한 근거도 충분하다. 여기서 종말론이나 묵시록으로 미국을 읽는 이유는 단지 그 부분을 배제하고 미국을 이해할 수 없기 때문이다. 미국에서 계몽과 실용의 이념도 종말론적 측면에서 설명할 수 있지만, 그보다 계몽과 묵시 사이를 오가며 때때로 묵시록 예언의 판단이 계몽의 이성을 이겨온 미국의 역사는 더 분명하다. 청교도에서 도널드 트럼프까지, 핵무기에서 총기 문화까지, 선민사상에서 예외주의까지 미국 역사는 종말론의 상상과 환상 그리고 묵시록의 믿음을 배제하면 온전하게 설명하기 어렵다. 미국의 군사 문화나 심판과 종말 그리고 재림과 같은 개념들이 의식 깊은 곳에 자리 잡게 된 현상도 마찬가지다. 종말의 묵시록은 19세기 미국 기독교의 가장 핵심적 사상이고, 선교운동이라는 종말론적 현상으로 한국에도 전파된 세계관이었다. 그 세계관에 대한 미국인들의 신뢰도가 여전히 높을 뿐 아니라 세속화 논리를 무색하게 만드는 미국인들의 종교적 성향의 중요한 요소로 남아 있다. 그 세계관은 대중문화 속에 녹아 있고 종말의 묵시록은 미국 영화의 가장 흔한 소재가 되고 있다.

결론적인 주장은 이렇다. 미국의 역사와 문화 저변에 깔려 있는 사상은 묵시록이다. 구체적으로 말하자면 묵시적 종말론이다. 종말론은 서양의 역사와 문화를 만든 사상이다. 하지만 그 사상은 가치중립적인 시간에 대한 관찰이 아니었다. 언제나 환란과 파괴와 멸망의 예언을 동반한 세계관이었다. 서양 역사의 중요한 전환기마다 이를 위한 동기와 의미를 제공했던 그 사상이 미국이라는 땅에서 꽃을 피웠다.

4

이 책은 학술 연구의 내용보다는 다분히 개인적인 경험에서 출발한 생각과 관찰을 담고 있다. 평소 내가 관심을 두고 있던 미국에 대한 주제나 인물들을 묵시록의 관점으로 읽은 것이다. 그 시작은 청교도들이다. 청교도들이 시작한 미국의 실험은 신학적인 것이었고 구체적으론 종말론적인 것이었다. 그들은 자신을 종말이 가까운 시대에 선택받은 자들로 이해했고, 세상의 마지막 희망이 되어 종말을 예비할 새로운 에덴동산을 건설하는 사명을 받았다고 믿었다. 그들의 선민사상은 아직도 예외주의라는 이름으로 미국의 의식 속에 남아 있고, 그들의 신앙은 많은 미국 기독교인들의 종교적 성향에 녹아 있다.

이 책에서 묵시록은 종말이 이루어지는 하나의 방식을 말한다. 미국에선 선민의식과 종말의식이 만나 미국이 세상의 마지막 희망이고 선이고 따라서 미국은 승리할 것이라는 묵시록을 만들었다. 자신의 의도가 특별하고 선하기 때문에 싸워도 질 수 없다는 생각은 모든 전쟁을 성전으로, 또 묵시록의 마지막 전쟁으로 이해하게 한다. 이 묵시록은 미국의 역사 속에서 다양한 형태로 발전되어왔다. 정치와 종교만이 아니라 문화와 예술 속에 남아 있고, 현대 대중문화의 중요한 장르가 되어 있다. 이 책은 한편으로 한국 독자들의 미국 이해를 돕고자 하는 목적이 있으므로, 미국에 대한 특별한 지식이 없어도 읽을 수 있는 글을 쓰고자 했다. 또한 내가 아는 한도 내에서 한국과 연관이 될 수 있는 부분이 있으면 찾아서 서술하고자 했다.

이 책의 초고를 정리하는 동안 시카고의 다른 곳에서는 총알 16발을 발사해 흑인 청년 한 명을 살해한 시카고 경찰에 항의하는 시위가 벌어졌다. 또 캘리포니아에서는 IS와의 연관성을 의심받는 충격적인 테러 총격 사건이 있었다. 잘 알려지지는 않았지만, IS는 종말의 묵시록을 신봉하는 테러 단체다. 미국의 한 유명한 목사는 이런 사건을 방지하기 위해서라도 모든 사람이 총기를 지니고 다녀야 한다는 주장까지 했다. 이 순간 〈지옥의 묵시록Apocalypse now〉을 떠올리는 건 무모한 상상일까. 프랜시스 코폴라는 이 영화에서 세상이 망해갈수록 모두가 미쳐가는 지옥을 그리고 있다. 전통의 묵시록은 현재의 상황을 주로 대환란 또는 망하기 직전의 상태로 이해한다. 그 묵시록의 드라마 속에서 작금의 상황이 어떤 것인지 알 수는 없어도, 그 드라마에 우리 모두가 참여하고 있다는 생각만은 하게 된다.

2017년 10월
미국 시카고에서
서보명

차례

2장 묵시록의 신학 미국인이 세상을
이해하는 기준 · 93

4장 묵시록의 문화 시간 너머를 사유하다 · 191

일러두기
지은이가 미국 이곳저곳에서 찍은 사진을 본문에 실었다.
단 20쪽의 트럼프와 25쪽의 핵폭발 사진은 제외다.

1

묵시록의 현재

오늘의 미국을
비추는 거울

네이팜의 추억 그리고 사드

슈퍼 무기와 미국의 정신사

네이팜에 관한 그 신문 기사를 접한 건 오래전이지만, 아직도 그때의 기억이 새롭다. 6·25전쟁과 베트남전쟁에서 공포와 테러의 대상이었던 네이팜은 그 당시에도 잔혹한 살상의 무기라는 이유로 도덕적 논란을 일으켰다. 신문 기사는 퇴출된 네이팜탄을 폐기 처분하기 위해 기차로 시카고를 거쳐 목적지인 인디애나까지 운송한다는 내용이었다. 시카고 시의회 의원들과 지역 정치인들은 엄청난 파괴력을 지닌 폭탄을 실은 기차가 인구밀집 지역을 통과하는 게 공공의 안녕에 위배되는 위험한 일이라며 이를 반대하고 쟁점화에 나섰다. 기사를 읽으면서 나는 내 눈을

묵시록의 현재

의심할 수밖에 없었다. 기차에 실어 운반하는 것도 위험하다는 네이팜은 미국이 (더 정확히는 하버드 대학의 화학과 교수가 연구하고) 만들어 일본과 한국 그리고 베트남에서 수십만 (아니 수백만) 명의 목숨을 앗아간 분노와 공포의 무기가 아니었나. 뉴스 기사는 어처구니없는 아이러니를 느끼게 했고, 네이팜의 잔혹한 역사를 떠올리게 만들었다. 1945년 일본에선 미국의 네이팜 폭격으로 하룻밤 사이 10만 명이 불에 타죽었다. 또 네이팜은 6·25전쟁 당시 북한을 초토화시킨 '넘버 원' 무기였다. 네이팜은 베트남전쟁 때 가장 많이 사용됐고, 미군의 무자비한 폭격을 증언하는 반전운동의 상징이었다.

네이팜과 최근 논란이 되는 사드THAAD의 연결점은 무기로서의 유사성이 아니라 슈퍼 무기, 즉 적을 한 번에 제압할 수 있는 최후의 무기를 찾았던 미국의 역사에 있다. 둘 다 미국에서 개발된 무기다. 미국의 한 시대를 상징했던 네이팜을 문화사 측면에서 다룬 책의 제목이 의미심장하다. 『네이팜, 미국傳Napalm, An American Biography』. 사실 무기는 단순히 사람을 해치기 위해 만들어진 기술의 결과물만은 아니다. 불행하게도 한 시대의 문화와 가치와 정신을 대변하기도 한다. 네이팜, 핵무기, 핵잠수함, ICBM대륙 간 탄도 유도탄, 그리고 사드까지의 역사는 슈퍼 무기를 찾았던 미국 정신사의 일부로 읽을 수 있다. 이 역사를 미국 역사의 묵시록으로도 읽을 수 있다는 게 나의 생각이다.

핵무기가 개발되면서 슈퍼 무기의 명성은 누리지 못했지만, 미국의 B-29 폭격기에서 떨어지는 네이팜탄은 아마겟돈 전쟁의 악몽을 연상케 했다. 1945년 봄 독일 드레스덴에 가해진 미군의 무자비한 공중폭격의 참상을 다룬 책의 제목이 『묵시록 1945_{Apocalypse 1945}』라는 사실은 우연이 아니었고, 치솟는 네이팜의 불기둥 장면으로 각인된 프랜시스 코폴라 감독의 영화 〈지옥의 묵시록〉도 마찬가지였다. 그런 폭격은 독일과 일본과 베트남 등지에선 아직도 치유되지 않은 민족적 트라우마로 남아 있다. 한순간에 하늘의 문이 열려 쏟아져 내린 폭탄으로 마을과 도시가 불에 타버린 기억은 쉽게 사라지지 않고 집단의 무의식을 만든다. 일본의 다카하타 이사오_{高畑勳} 감독의 애니메이션 〈반딧불의 묘〉는 그런 폭격의 트라우마를 다룬 대표적인 영화로, 전쟁이 끝난 지 40년이 더 지난 1988년에 제작되었다. 애니메이션의 그림으로밖에는 표현해낼 수 없는 트라우마의 깊이를 느끼게 하는 영화다. 미국에 대한 북한의 지속적인 적개심은 6·25전쟁 중 미국으로부터 받은 엄청난 네이팜 폭격의 트라우마에서도 그 원인을 찾을 수 있다.

네이팜탄에서 핵폭탄으로

　20세기의 역사에서 최후의 무기 또는 종말의 무기는 당연히 핵무기였다. 냉전 체제는 지구의 생명을 한순간에 끝낼 수 있는 핵전쟁이 어느 순간 일어날지 모른다는 공포 속에서 유지되었다. 아마겟돈이나 최후의 심판과 같은 종교적인 개념을 믿지 않는 사람도 인간이 억제할 수 없는 최후의 전쟁이 곧 일어날 수 있다고 믿게 되었다. 핵무기는 종말의 상징이었고, 20세기의 묵시록 그 자체였다.

　20세기 중반 이후 서구 문화와 학문의 발전은 핵전쟁의 종말이 근접해 있다는 현실에 적응해가는 과정이었다. 그렇다면 실존주의에서 해체 이론, 추상표현주의에서 비디오아트, 소비자주의에서 환경운동까지의 변화는 종말의 담론을 수용하고 이에 대한 응답을 펼쳐낸 것이라 할 수 있다. 당연히 기독교 신학도 여기서 예외는 아니다. 기독교 사상의 뿌리를 묵시록의 종말론으로 이해한 유럽의 신학이 등장한 것도 이 시기였다.

　21세기 초반엔 테러와의 전쟁이 쟁점으로 부각되어 핵무기 종말론은 시사성을 잃은 것처럼 느껴지기도 한다. 그러나 테러리즘이 주는 공포는 통제되지 않는 세력이 핵무기를 보유할 수 있다는 가정에 기인하기에 핵무기의 묵시록은 아직도 진행 중이

묵시록의 현재

다. 다만 최근의 문화적 상상력은 더 진보해, 이미 이루어진 묵시록 이후의 상황에 초점을 맞춘다. 예컨대 1960년대의 영화가 핵폭발과 함께 모두 죽어가는 상상으로 끝났다면, 1990년대 이후의 영화는 죽지 않고 살아남은 자의 얘기를 다루는 경우가 대부분이다.

슈퍼 무기, 최후의 무기를 끊임없이 추구해온 미국의 역사를 다룬 브루스 프랭클린Bruce Franklin의 『워스타스War Stars』라는 책이 있다. 출간된 지 벌써 30년 가까이 되어가지만 이 책의 명확한 논지는 여전히 유효하며 미국 문화사의 고전에 들게 한다. 영화 〈스타워즈〉를 연상케 하는 책의 제목은 슈퍼 무기를 개발한 전쟁의 영웅들을 일컫는다. 책은 18세기 잠수함 건조에 대한 이야기로 시작한다. 잠수함은 증기선 개발로 유명한 로버트 풀턴Robert Fulton이 추구했던 평화를 이루고 자유를 지킬 슈퍼 무기였다. 이후 미국이 만든 모든 슈퍼 무기는 전쟁을 단번에 끝내고 영구적인 평화에 기여할 것이라는 명분하에 만들어졌다. 폭격기가 그랬고 핵무기, 핵잠수함, ICBM, MD의 역사가 그랬다. 그 과정에서 한순간의 계산착오만으로도 지구의 생명을 앗아갈 수 있는 무기가 만들어졌고, 적의 슈퍼 무기를 무력화할 더 강력한 무기 개발의 경쟁은 첨예화되었다. 역설적이게도 그 경쟁이 3차 세계대전을 막고 세계의 평화를 지켰다는 말도 있지만 그 대가는 묵시록의 공포를 안고 살아가는 것이었다.

　선택받은 예외주의의 나라인 미국은 그 경쟁에서 질 수 없었다. 군사적 우위는 아마겟돈 전쟁을 무릅쓰고라도 지켜내야 할 가치였다. 미국의 문화는 무기 산업과 군사주의에 영합하여 발전했다. 네이팜의 불기둥보다 더 큰 시대의 아이콘은 핵폭발의 버섯구름이었다. 상징은 생각을 낳는다고도 하지만 또 현실을 견디게도 해준다. 종말의 상징인 핵폭발의 버섯구름은 예술가의 손을 거쳐 내가 감당할 수 있는 사건이 되었다. 어느 순간 미국적이라는 것과 군사적이라는 것은 유사한 것이 되었다. 그런 비유가 정당화되는 이유는 미국의 의도는 선하다는 인식이 전제되기 때문이다. 미국의 의도는 자유를 지향하는 것이고, 자유는 죽음과도 바꿀 만한 선한 가치라는 인식이 미국 문화의 바탕에 깔려 있다. 옳고 그름, 정의와 불의를 가르는 심판의 언어는 미국인들에게 익숙한 미국적인 언어다. 심판의 언어는 종말의 언어이고, 미국은 바로 그 언어가 선포되어 만들어진 나라라는 믿음으로 연결된다. 20세기 중반 미국의 사회비평가 루이스 멈퍼드_{Louis Mumford}는 핵무기 경쟁을 합리적으로 운용할 수 있다는 미국의 지도자들을 향해 "미쳤다"라고 경고하면서 이들의 행태가 용인되는 이유는 미국인 모두가 똑같이 미쳤기 때문이라 주장했다. 최근에는 그런 비판도 듣기 어렵다. 이미 슈퍼 무기의 경쟁이 미국의 일방적인 승부로 끝났거나 아니면 종말의 담론에 무뎌진 상태에서 좌절과 절망도 체감하지 못한 상태의 사람들이 살아가고 있기 때문인지도 모른다.

균형 파괴자 사드

사드라는 무기는 미국의 슈퍼 무기 개발 역사의 한 부분으로 이해할 수 있다. 사드는 한때 슈퍼 무기의 명성을 떨쳤던 ICBM을 무력화하기 위한 무기다. 종말의 무기인 핵무기 보유가 효과를 거두려면 두 가지 질문에 답해야 한다. 어떻게 하면 상대방에게 먼저 핵 공격을 가하고도 보복을 당하지 않을까 하는 것이고, 또 어떻게 하면 상대방의 핵무기 공격을 미연에 방지할 수 있는 가다. ICBM은 애초에 상대가 선제적 핵 공격을 하지 못하도록 막는 보복용 무기로 알려져 있었다. 비행기에서 투하되는 핵폭탄으로 공격을 받아도 핵미사일로 보복이 가능하다면 선제공격은 의미를 잃게 된다. 물론 양쪽 모두 핵무기가 있다는 전제하에 성립되는 방정식이다.

만약 ICBM을 공중에서 무력화할 수 있다면 문제는 달라진다. 한쪽에선 보복당하지 않고 공격할 수 있는 길이 생기고, 다른 쪽에선 적의 공격에 반격할 수 없는 무기력한 상태가 되는 것이다. MD라 불리는 미사일 방어 체제의 목적이 바로 그것이다. 사드는 크기나 규모는 작지만 MD의 한 축을 담당하는 이 시대의 슈퍼 무기라 할 수 있다. 사드가 ICBM을 공중에서 파괴시키는 상황은 최후의 전쟁일 수밖에 없다. 따라서 사드를 무력화시키거나 무의미하게 만드는 무기가 나올 때까지 미국의 입장에서 사드는 최후의 무기가 된다. 미국에게 최후의 전쟁을 승리로 이끌기 위한 전략은 전략이 아니라 사명이다. 승리해야 하고, 승리할 수밖에 없는 사명이다.

미국이 개발한 무기의 역사는 미국의 사회사와 문화사의 일부다. 1940년대 핵무기 개발이 이루어진 과정은 그동안 수없이 다양한 각도에서 미국 역사의 일부로 연구되어왔다. 기술의 발전만으로 설명되는 것이 아니라 산업자본주의와 미국 대학의 성장 과정에서 미국의 선민의식이 함께 작용한 역사의 일부였다. 대량살상의 무기로 실전에서 사용되고 최종적으로 퇴출될 때까지 미국인들에게 많은 '추억'을 남긴 네이팜이지만, 미국에서 핵무기의 역사는 더 큰 의미를 지닌다. 핵무기는 모든 전쟁을 종식시킬 평화의 무기라는 선전 속에서 개발되었지만 사람들의 기억 속엔 역으로 세상을 끝낼 무기로 남아 있다. 20세기 중반 이후 핵무기가 묵시록의 환상을 일깨운 것은 너무나도 당연한 결과다.

핵무기가 평화의 무기라면 평화가 세상의 종말을 연상시키는 것도 마찬가지다. 냉전 시대 미국에서 가장 많이 팔린 책들은 핵무기를 통한 지구의 종말과 예수의 재림을 다루었다. 냉전 시대의 묵시록은 핵무기를 통해서 쓰였다. 특히 예루살렘을 두고 벌어지는 전쟁이 핵전쟁으로 이어지고 이를 통한 파멸이 예수의 재림과 천년 통치로 이어진다는 설정은 20세기 후반 말세론의 기본적인 줄거리다.

참고문헌

브루스 프랭클린의 책의 원제목은 *War Stars: The Superweapon and the American Imagination*으로 1988년에 출간되었다. 루이스 멈퍼드에 대한 언급은 원래 1946년 그의 에세이 「이 양반아, 자네는 미쳤어Gentlemen: You Are Mad」에 출처가 있지만 프랭클린이 그의 책에서 인용하고 있다. 네이팜탄을 다룬 책 『네이팜: 미국傳』은 로버트 니어Robert M. Neer가 썼고 2013년 하버드대학 출판부에서 출간됐다. 두 책모두 미국 군사 무기의 문화사를 다루었다.

묵시록의 영웅 트럼프

트럼프 당선의 공로자들

한국에서 요즘 많이 쓰는 '집단적 지성'이라는 말을 접하면서 그런 게 과연 있을까 의심을 품은 적이 많지만 나 역시도 그에 대한 기대를 했던 것 같다. 그 기대가 '트럼프 대통령'이라는 상상하기조차 싫었던 말을 듣고 깨지기 전까지는 말이다. 트럼프가 공화당 대통령 후보로 출마해 예비 경선에서 이기고 있다는 소식이 들릴 때, 나는 그마저도 인정하기 싫어 뉴스 읽기를 거부했다. 그가 공화당 후보로 선출되었다는 뉴스는 미국의 어떤 정신의 몰락을 보여주는 듯했다. 그것은 마치 내가 아는 묵시록의 한 페이지를 읽는 것과 같은 느낌이었다. 하지만 그런 느낌의 충격도 그의 당선 소식이 준 충격과는 비길 수 없었다. 세상의 예측은 다 틀렸고, 미국의 경제와 정치의 내막을 가장 잘 알 것 같았던 《뉴욕 타임스》의 폴 크루그먼Paul Krugman도 자신이 미국을 잘 모르고 있었노라 고백하지 않았던가. 지난 한국의 총선과 영국의 브렉시트Brexit도 그랬다. 왜 빅 데이터와 소셜 네트워크 서비스SNS의 개명된 시대에 그렇게 많은 돈과 기술을 투자하고도 사람들의 생각을 읽지 못하는 것일까? 어쩌면 제45대 미국 대선의 결과는 바로 그 개명된 시대의 하수인이 되고 싶지 않는 사람들의 마지막 자존심이 작동한 것일 수 있다. 아무튼 트럼프가 어떻게 미국의 대통령이 되었는지를 분석하고 탄식하는 일은 모두에게 남겨진 몫이 되었다.

나는 미국의 선택을 세상이 더 좋아질 수 없다는 종말론적인 심정의 선택이었다고 생각한다. 더는 나빠질 수 없으니 정반대의 극단적인 수를 던져도 무관하다는 것이다. 사실 얼마 전까지만 해도 미국 정치 문화의 미래는 이미 결정된 것으로 보였다. 동성애 결혼 문제에 대한 법원의 진보적 판결이 나오고, 다수의 미국인이 이런 결정을 지지한다는 보도가 나오면서 다른 진보적 이슈들에 대해서도 전향적인 사회적 인식이 자리 잡는 것으로 보였다. '오바마 케어'라 불리는 국가가 관리하는 의료보험 제도도 보수주의자들의 심한 반대에도 불구하고 통과되면서 진보적

색채의 정치가 주류로 정착되는 듯했다. 이에 대응해 보수권 내부의 정치 세력들도 새로운 정치권의 지형에 맞게 각자의 위치를 찾아가는 듯 보였다. 하지만 트럼프가 당선되면서 그런 생각이 너무 낙관적이었다는 게 밝혀졌다.

개표 직후부터 그를 대통령으로 만드는 데 결정적 공헌을 했다는 한 계층의 사람들이 주목을 받았다. 바로 미국 시골의 가난한 백인 남성들이었다. 자본주의 경제에서 소외되고 주류 사회의 변화를 받아들일 수 없었던 그들이 정치적 반란을 일으킨 것으로 평가되기도 했다. 그것이 반란이었다면 그 의미에 대한 평가는 그들이 주로 보수적인 복음주의 개신교인들이라는 사실에서부터 시작해야 한다. 이번 선거에서 트럼프는 과거 어느 대통령 후보보다도 더 많은 81퍼센트의 복음주의 개신교도들의 지지를 받았다고 나온다. 이는 매우 주목할 만한 사실이다.

복음주의의 정치운동

미국의 복음주의는 그 뿌리가 근본주의에 있고, 근본주의는 19세기 미국의 전천년설의 묵시록을 수용한 사람들의 신앙이기도 했다. 그들의 신앙이 정치화한 시기를 1970년대 말이라고 흔히 얘기하는데, 나의 입장은 그 현상을 미국 역사 전체에서 찾아야 하고, 그 이해를 돕기 위한 용어로 묵시록이라는 개념을 여기서 쓰고 있다. 1970년대 말 복음주의 신앙의 정치운동화가 레이건을 대통령으로 만들면서 성공하게 된 이론적 배경에는 근본주의-복음주의 신앙과 신자유주의 경제 이론의 만남이 있었다. 하이에크Frederick Hayak에서 프리드먼Milton Friedman까지 '자유'라는 개념을 화두로 삼아 세상의 가치를 자본주의의 가치로 바꾸려고 꿈꾸었던 신자유주의에게는 유권자가 필요했고, 정치적 플랫폼이 필요했던 근본주의-복음주의 신앙인들에게 '개인의 자유'만큼 매력적인 용어는 없었다. (1960년대 존슨 대통령의 '위대한 사회Great Society' 정책 이후 비대해진 국가권력을) 개인의 자유를 침해할 암묵적 적그리스도로 보았던 근본주의 신앙과 국가의 규제를 받지 않는 자본의 자유를 추구했던 세력의 이해관계가 서로 맞아떨어진 것이다.

신자유주의와 결탁한 신앙운동이 바로 미국의 뉴라이트New Christian Right 운동이었다. 그들은 스스로를 자유주의자들의 타협적인 도덕관에 맞서는 순혈의 '도덕적 다수The Moral Majority'라고 불렀다. 그들의 세계관은 미국의 묵시록에서 출발한 것이었다. 예수의 재림과 세상의 몰락은 그 세계관의 토대였고, 세상은 적군과 우군으로 구분되었으며, 적을 대하는 자세는 언제나 폭력의 가능성을 배제하지 않는 것이었다. 이 세계관은 청교도 이후 미국의 역사에서 지속적으로 목격할 수 있는 것으로, 현대 미국의 종교와 정치는 이 세계관이 신자유주의 세계관과 만나 변신한 형태 곧 1970년대 후반 근본주의 개신교의 '도덕적 다수' 운동과 분리될 수 없다. 더 나아가 신자유주의라는 이념이 등장해서 인류의 삶을 바꾸어놓는 비극적인 과정에 대한 설명 없이는 우리가 사는 이 시대에 대한 깊이 있는 설명이 불가능하다.

성공한 이데올로기가 늘 그렇듯이, 신자유주의의 이념은 너무나 자연스럽게 우리 삶의 일부가 되어 그 테두리의 밖은 상상도 하기 힘들게 되었다. 성공한 이데올로기는 일상과 접목된 보편의 철학이 된다. 철학으로서 신자유주의는 반민주적인 철학이다. 소수의 자본가와 기업인으로 하여금 절대적 지배를 꿈꾸게 하고 승자와 패자로 사람을 구분하는 도박의 철학이다. 그 철학이 너무나 자연스럽게 일상을 움직이는 현실이 되어버린 지금, 신자유주의는 더 이상 비판의 대상이 아니다. 현실을 이길 수 있는 건 비판이 아니고 혁명뿐이다. 그리고 서구에서 일어난 모든 혁명의 주된 텍스트는 묵시록이다. 트럼프를 지지한 유권자들은 그들이 신앙의 이름으로 선택한 신자유주의 철학에 의해 버림받은 사람들이다. 그러나 마땅히 비판해야 할 신자유주의의 실체는 찾지 못하고, 그들이 대신 선택한 것은 미래를 예측할 수 없

묵시록의 현재

는, 아니 아예 미래가 없는 묵시록의 혁명이 아니었을까.

좀 더 현실 정치의 입장에서 본다면, 복음주의 기독교인들이 트럼프에게 적극적 지지를 보낸 까닭은 진보적 이슈들을 수용하는 사회 분위기에 저항하는 측면도 있고, 신자유주의 질서에서 철저하게 밖으로 내몰린 현실에 대한 왜곡된 이해에서 출발한 것이라 보아야 한다. 하지만 가장 큰 이유는 결국 트럼프라는 인물에게서 찾아야 한다. 실제 트럼프가 그들의 문제를 해결해줄 것으로 기대한 유권자들은 많지 않았다. 소외된 백인들의 분노를 이해한다고 말하고, 분노의 정치를 공공연히 말하는 트럼프에게서 대리만족을 느꼈을 수도 있다. 그러나 기독교 신앙도 없었고, 전통적인 도덕의 기준에 훨씬 못 미치는 삶을 살았고, 부동산 투기로 돈을 벌었고, 그 어떤 것에 대해서도 회개하지 않았던 세속의 인물인 트럼프를 보수 기독교인들이 지지한 이유는 무엇일까? 미국의 묵시록이란 주제에 맞는 간명한 설명 하나가 가능하다. 그들은 트럼프를 묵시록의 영웅으로 본 것이다.

트럼프의 묵시록적 세계관

트럼프의 세계관은 묵시록에 기초한 것이다. 세속화된 그의 묵시록에서 종교적인 언어나 마지막 날에 대한 예언은 없었지만, 세상에 대한 그의 인식은 근본주의 묵시록의 관점에서 충분히 이해될 수 있는 것이었다. 트럼프는 세상을 선과 악이라는 이분법으로 이해했고, 미국이라는 선과 테러라는 악의 두 축 사이에서 옳고 그름을 판단했다. 그는 자신의 세계관에 대한 설명을 요구하는 질문을 싫어했다. 세상의 선과 악이 너무나 분명한 상황에서 그에 대한 설명은 과거의 정치, 행동이 아닌 말의 정치로 되돌아가는 것으로 보았다. 그에게 선을 실천하기 위해서 폭력은 불가피할 수도 있었다. 세상은 무질서와 테러의 위험 앞에서 폭발하기 일보직전이었고, 지금이 선을 선택할 수 있는 마지막 기회라는 그의 선언에서 진리와 예언을 읽은 사람은 의외로 많았다. 마지막 시대를 살고 있다고 믿는 사람들에게 폭력과 전쟁을 두려워하지 말아야 한다는 트럼프의 주장은 웃어넘길 수 없는 현재의 시간에 대한 진단이고 묵시록의 예언이었다.

〈아마겟돈을 기다리며Waiting for Armageddon〉는 10년 전에 개봉한 다큐멘터리다. 아마겟돈은 세상을 끝내는 전쟁이다. 영화는 이 묵시록을 믿는 약 5천만 명에 이른다는 미국 근본주의자들의 신앙을 주제로 한다. 비교적 편견 없이 그들의 신앙과 입장을 다룬 영화로, 곧 파괴되어 없어질 세상에 대한 묵시록의 신앙이 극단적인 보수 정치이념을 옹호하는 신념으로 변해가는 모습을 그

려내고 있다. 그들은 마지막 날의 현상으로, 선택된 산 자와 죽은 자들이 한순간에 하늘로 사라지는 휴거를 믿는다. 그 순간 선택받지 못한 사람들은 환란을 겪게 되고, 예수는 그 후에 재림하여 예루살렘에서 적그리스도의 세력과 최후의 전쟁을 벌여 승리한 후 천년왕국을 일으킬 것으로 믿는다. 이 묵시록은 많은 사람들에게 소설과 영화의 소재로 널리 알려져 있지만, 이를 현실의 일부로 이해하는 사람이 없었다면 그 장르가 미국 영화와 문화의 대표적 장르로 발전하지 못했을 것이다. 묵시록의 신앙으로 살아가는 사람의 숫자가 5천만 명이 되고, 그들이 그런 시각으로 세상을 이해하고 동시에 유권자로서의 권리를 행사하는 것이 미국의 현실이다.

트럼프가 선과 악을 넘어선 니체적인 영웅이라면 무리가 있을까. 자신의 삶이 전통적인 종교의 선과는 무관한 것이었기 때문인지 그에게 악이라는 개념도 종교적인 게 아니었다. 그는 기존의 윤리를 넘어서 묵시록의 결단을 요구하면서 대통령이 됐다. 동성애자들을 비난하지도 않았고, 전통적인 도덕관이나 가치관의 회복을 요구하지도 않았다. 다만 이웃에 담을 쌓고자 했고, 불법 체류자들에게 가혹해져야 한다고 했다. 국제관계에서 미국의 책임은 자국의 이익을 추구하는 것밖에 없다고 믿었다. 더군다나 위대한 미국이 망하기 직전에 있으니 여기서 벗어나려면 대통령으로 자신을 선택해야 한다고 협박도 했다. 트럼프는 대통령이 되기 위해 전체를 아우르는 통합의 리더십이 필요하지 않고, 국민들에게 희망을 주는 립서비스를 하지 않아도 된다는 걸 보여주었다. 현대 정치의 공식은 그에게 들어맞지 않았다. 디스토피아의 암울한 비전만으로도 대통령이 될 수 있었다는 사실은 묵시록으로밖에는 설명되지 않는다. 묵시록의 영웅은 재림 예수일 필요도 없고 적그리스도일 필요도 없다. 세상의 몰락을 상기시키고 그에 합당한 결단을 요구하는 것으로 충분했다. 아니면 몰락이 이미 진행 중이라는 사실을 자신의 과장되고 짜증 섞인 말과 몸짓으로 드러내는 것만으로도 충분했을지 모른다. 그런 영웅이 되기 위해 트럼프는 종교적일 필요도 없었고, 세대주의 전천년설을 알아야 할 필요도 없었다. 그 신학의 본질은 이미 미국적인 것으로 미국의 정신 속에 녹아들어 있었다. 트럼프와 같은 인물이 대통령이 될 수 있는 나라는 21세기에 많지 않다. 트럼프는 미국에 의한, 미국을 위한 묵시록의 대통령이다.

취임 연설문에 담긴 묵시록의 비전

미국 여러 도시에서 시위 데모가 일어나고 있는 가운데 수도 워싱턴에서는 트럼프의 미국 대통령 취임식이 열렸다. 그의 취임사를 다음 날 인터넷에서 찾아 읽었다. 케네디나 링컨의 취임사를 기대하지는 않았지만, 그래도 대통령의 취임사이기 때문에 희망과 감동의 메시지와 가슴을 뭉클하게 만드는 아메리칸드림에 대한 회고를 기대하지 않을 수 없었다. 숙연한 분위기를 자아내는 고백의 언어도 있을 거라 생각했다. 대통령 취임사는 미국이라는 나라의 의미와 사명을 되새기면서 국정의 철학을 담아내야 하는 매우 독특한 장르의 연설이다. 세계를 이끌 리더십도 보여야 하고 국가를 하나로 통합할 의지도 보여야 하지만, 무엇보다 국민을 감동하게 할 비전과 미래의 희망을 수려한 문체의 글로 담아내야 한다. 하지만 트럼프의 연설은 내가 기억하는 많은 취임식 연설과 크게 달랐다.

내가 먼저 살핀 건 '자유'와 같은 용어가 어떻게 그리고 얼마만큼 사용되는가다. 오바마의 첫 취임사에서는 10번이나 등장했던 '자유'는 트럼프의 연설에서 단 한 번밖에 쓰이지 않았다. 미국을 만든 게 자유이고, 자유가 바로 미국이라 믿는 나라에서 자유에 대한 호소는 현실의 문제를 더 높은 차원에서 이해하려는 것으로 취임사에서 강조가 되는 단어였다. 트럼프의 연설에서 빠진 것은 그것만이 아니었다. 미국이라는 나라의 역사적 의미를 설파하지도 않았고, 세상을 정의와 평화로 이끌어야 한다는 미국의 사명론도 없었다. 미국 민주주의에 대한 자랑도 미국의 인권과 개인적 자유의 덕목에 대한 언급도 없었다.

그의 연설문을 주도한 화두는 암울하고 도전적인 묵시록의 한 장면이었다. 도덕적 질서나 세상의 평화를 위한 말치레는 없었다. 미국을 몰락에서 구해내겠다는 그의 선언은 세계를 향한 선전포고였다. 새로운 시대의 비전은 단 한 가지, '미국 우선America First'이었다. 트럼프에게 그 비전의 목적은 미국을 다시 위대한 나라로 만드는 것이다. 미국이 위대한 나라가 되어 해야 할 일은 더 간단했다. 절대적 '승리'를 쟁취하는 일이다. 미국 우선의 비전에는 많은 의미가 담겨 있다. 미국이 먼저이고, 미국이 제일이고, 미국이 시작이라는 뜻도 담겨 있다. 트럼프는 미국이 "새로운 천년이 탄생하는 순간"에 처해 있다는 말도 했다. 미국의 우선성과 새로운 천년이라는 개념을 합치면 미국 정서의 저변에 흐르는 천년주의 종말론이 구성된다.

기존 미국의 선민주의와 예외주의는 트럼프의 시대에 미국 우선주의라는 더 강력하고 노골적인 묵시록의 이념으로 대체되고 있다. 자유라는 레토릭으로 공허한 미국의 의미를 추구하는 일은 더는 불필요했다. 미국은 태생부터 다르다는 예외주의도 소용없었고, 미국이 특별한 사명을 받아 탄생됐다는 선민의식도 필요 없었다. 트럼프는 미국에 대한 절대적인 충성을 요구했다.

애국의 정신으로 무장한 미국을 누구도 막을 수 없다고 했다. 경찰과 군대가 미국을 지킬 것이고, 신이 미국을 지킬 것이기 때문에 두려워할 것이 없다고 말했다. 드디어 더는 말이 필요 없는 행동의 시대가 온 것이다. 새로운 천년이 도래했고 이제 몰락하는 미국을 부활시켜 위대한 승리하는 나라로 만들자는 얘기는 미국 개신교의 천년왕국 묵시록의 일부다. 새로운 천년왕국의 행동 규범도 제시했다. 미국인을 고용하고 미국 제품을 사용해야 한다는 애국과 소비 자본주의의 일성이었다. 미국의 묵시록이 아직도 진행 중이다.

국기와 국가

자유의 동학과 미국 문화

몇 달 전 우연히 인터넷 CNN 뉴스를 통해 쿠바의 아바나에서 성조기가 펄럭이는 모습을 보았다. 54년 만에 수교를 다시 맺은 쿠바의 미국 대사관 개소식 장면이었다. 1961년 카스트로의 혁명으로 쫓기듯 국기를 내리고 대사관을 철수하던 단교의 모습과 겹쳤다. 같은 장소에서 마지막으로 성조기를 내렸다는 3명의 해병도 노인이 되어 옆에서 지켜보고 있었다. 성조기가 쿠바에서 다시 휘날리는 감동의 장면이 연출되고 있었다. 1961년 쿠바에서 그리고 1975년 베트남에서 자랑스러운 성조기가 강제로 내려지는 모습을 많은 미국인들은 '치욕'의 순간으로 기억하고 있다. 그들에게 쿠바에 다시 꽂은 성조기는 미국이 원래의 자리로 돌아왔음을 의미할 것이다. 그러나 지난 반세기 쿠바에 가해진 보복의 테러에 대한 사과나 반성은 찾을 수 없었다. 굴하지 않는 의지와 멈출 수 없는 자유의 행진을 뜻하는 성조기 앞에 사과는 어울리지 않기 때문이다.

국기라는 깃발이 갖는 의미는 대부분 미국에서 유래한 것들이다. 국가와 애국심, 전쟁과 희생, 자유와 영광 등의 이념을 깃발 하나로 엮어낸 원조가 바로 미국이다. 국가를 상징하는 깃발이 있어야 한다는 생각 그 자체도 미국이 만들어낸 것이다. 국기에 대한 경례, 맹세, 다짐, 경외심, 바른 자세는 미국이 완성해낸 국가라는 종교의 성례전聖禮戰에 속한다. 그 대가는 초월로 이끄는 위안과 더 큰 실제인 국가와의 합일을 체험하는 것이다. 국기는 종교적 감성을 유발하지만 그에 따르는 규범은 언제나 군사적이다. 미국의 국기는 애초 독립전쟁 때 제정된 군대의 깃발이었다. 그래서인지 지금도 군사적 정신을 함양하고 희생과 복종의 정신을 요구하는 도구로 쓰인다. '우리는 하나'라는 동질감을 제공하고, 안과 밖, 아군과 적군을 구분하게 만든다. 따라서 국기는 군사 문화를 상징하는 군기다. 미국의 영향을 받은 세계 여러 나라들의 국기는 모두 비슷한 역할을 한다.

미국의 자유라는 개념이 군사주의를 연상시킨다거나 미국의 문화가 군사적이라고 판단하는 사람은 그렇게 많지 않다. 그러나 군사주의 문화는 미국의 국민의식 저변에 깔려 있다. 군사용으로 개발된 기술이 현대인의 삶에 필수품이 된 예가 많다는 사실도 그 이유 중 하나다. 인터넷은 초기에 군사기술로 개발되었고, 군사주의가 지향하는 세상을 만들어냈다고 할 수 있다. 현대의 세상은 감시와 통제와 검열에 익숙하고, 통계와 데이터의 가치로 평가되는 삶에 젖어 있다. 미국 정서의 무의식 속에는 명령과 복종, 법과 질서, 심판과 처벌이 절대적 위치를 차지한다. 이러한 군사 문화는 전쟁으로 형성되고, 미국은 언제나 전쟁 중이다.

그러나 18세기 독립전쟁에서 21세기 이라크와의 전쟁까지 미국은 자유를 위한 전쟁을 치렀다. 자유는 전쟁에 초월적인 의미와 가치를 부여한다. 자유와 전쟁의 이념적 간극을 메워 근접할 수 없는 숭고한 신앙의 영역으로 만드는 역할을 성조기가 맡는다. 이를 초월적 신앙이 아니라 치열한 삶의 투쟁의 영역으로 만드는 역할을 하는 것은 '총'이다. 미국의 많은 백인들에게 총은 성조기와 더불어 자유의 절대적 상징이다. 자유를 지키는 최후의 보루는 총이고, 성조기가 이 모든 것을 증언한다고 믿는다.

미국만큼 일상에서 국기를 많이 접하는 나라가 있을까. 고속도로를 차로 달리다 백인 남자들이 선호하는 픽업트럭 차창에 성조기가 부착돼 있는 모습을 가끔 본다. 이들이 불필요하고, 위

46
—
미국의 묵시록

협적이고, 기름 많이 먹는 트럭을 몰고 다니는 이유는 언젠가 긴요히 쓸 때가 있을 거란 생각 때문이다.(내가 소유하는 모든 걸 싣고 떠나야 할 마지막 날을 위한 준비는 아닐까.) 나는 트럭에 부착된 성조기에서 '이 안에 총이 있을지도 모르니 건드리지 말라'는 의미를 읽는다. 미국의 전근대적인 총기 사랑은 자유라는 이념이 허용하는 군사 문화와 병행해서 이해되어야 한다.

미국의 군사 문화를 내부에서 유지시키는 기능은 스포츠가 한다. 승리의 기쁨과 패배의 상처는 운동경기에서 되풀이되는 전쟁의 본질이다. 초등학교 입학 전부터 남자아이들은 야구와 풋볼 또 최근에는 축구를 통해 승리의 영광을 체득하고, 이를 위한 자기희생을 강요받으면서 싸움터의 가치를 내면화한다. 모든 공식 스포츠 경기에서 부르는 국가는 이 문화를 초월적인 공동체의 가치로 받아들이게 한다. 대학 스포츠 중 특히 풋볼은 19세기 후반 이후 미국 문화 형성에 크게 기여했다. 그 문화는 명령과 복종과 승리를 절대가치로 그리고 패배를 치욕으로 받아들이는 군사 문화의 규율이 만들어낸 것이다.

운동경기에서의 승리는 단지 이긴다는 목적을 성취한 것이지만, 전쟁에서의 승리는 진실이 승리했다는 주장을 뒷받침한다. 자신의 전쟁이 진리와 정의를 위한 전쟁이라 굳건히 믿는 나라는 미국밖에 없다. 베트남전쟁과 같이 내부의 반대가 심한 전쟁도 있었지만, 싸워서라도 '자유'를 지켜야 한다는 도그마에 다수가 동의하지 않았던 적은 없다. 여기서 미국의 전쟁을 정당화하는 '자유론'은 신앙의 영역에 속한다. 독립전쟁에서 남북전쟁, 세계대전에서 한국전쟁 그리고 베트남전쟁까지의 분쟁은 모두 자유를 위한 투쟁이었다. 자유는 청교도 시대부터 부여받은 미국의 사명이자 운명이었고, 이 자유를 이 세상에서 완성시키는 사명은 종말론적 사명이었다. 역사를 종결하는 종말의 사명 앞에 후퇴나 타협은 있을 수 없다. 핵무기 선제공격을 하지 않겠다는 선언을 거부했던 냉전 시대의 전략과 이 시대 미국 밖의 다른 패권적 국가를 인정하지 않겠다는 전략은 이런 종말의 사명을 배제하고 제대로 설명될 수 없다.

국가와 맹세

미국의 국가國歌는 국기인 성조기를 노래하는 군가다. 가사는 밤새 적의 포탄 공격을 받고도 새벽녘에 변함없이 휘날리고 있는 성조기의 위상을 찬양하는 내용이다. 1931년 의회에서 국가로 공인되기 이전에도 100년 넘게 군대의 행사나 국기를 게양할 때 연주되던 곡이었다. 미국의 군사 문화는 성조기의 물신화物神化로 유지된다. 그 문화를 일상의 일부로 만드는 건 성조기를 바라보면서 국가를 불러야만 시작하는 스포츠 경기다. 오래전 기독교 평화주의 전통을 이어온 메노나이트Mennonite 종파의 교인들이 세운 인디애나주의 고센대학Goshen College에서 앞으로 운동경기 전에 미국 국가를 부르지 않겠다고 선언해 논란이 되었다. 각종 불이익을 감수하고도 국기의 우상화와 군사 문화에 참여하지 않겠다는 대학의 용기와 결단이 당시에도 놀라웠다.

미국의 국가만큼이나 성조기의 우상화와 군사 문화의 고착에 역할을 한 것은 '국기에 대한 맹세Pledge of Allegiance'다. 최근에는 학생들에게 강제로 국기를 바라보며 가슴에 손을 얹고 충성을 맹세하도록 만드는 게 위헌이라는 논란이 많고, 학생들이 자발적으로 참여하게 허용하는 주州들이 늘고 있다. 그러나 이러한 맹세는 지금도 일반적으로 미국의 초중고 학생들에게 적용되는 규범이다. 최근에 이 맹세를 거부하는 운동이 '강제'와 '강요'를 문제 삼았다면, 예전에는 여호와의 증인들처럼 국기에 대한 맹세가 우상숭배라는 종교적인 이유로 거부되곤 했다.

미국의 국가만큼이나 국민들의 사랑을 받고 미국의 혼을 잘 대변한다는 〈조국 찬가Battle Hymn of the Republic〉라는 노래가 있다. 한국의 찬송가에도 〈마귀들과 싸울지라〉라는 제목으로 수록되어 있다. 가사는 좀 달라도 "영광, 영광, 할렐루야Glory, Glory, Hallelujah"

국기에 대한 맹세

나는 미국의 국기에 대해, 그리고 국기가 표상하는 신神 아래, 갈
라질 수 없고, 모든 이들의 자유와 정의를 위해 있는 국가에 충성
을 맹세합니다.

I pledge allegiance to the flag of the United States of America,
and to the republic for which it stands, one nation under God,
indivisible, with liberty and justice for all.

조국 찬가

내 눈은 재림하는 주님의 영광을 보았네
저장된 분노의 포도를 짓밟으며 오시네
공포의 검을 휘두르며 숙명의 번갯불을 내리시네
주님의 진리가 행진하니
영광, 영광, 할렐루야! ······

Mine eyes have seen the glory of the coming of the Lord;
He is trampling out the vintage where the grapes of wrath are
stored;
He hath loosed the fateful lightning of His terrible swift sword:
His truth is marching on.
Glory, glory, hallelujah! ······

의 유명한 후렴은 동일하다. 미국에선 독립기념일이나 현충일과 같은 날에 빠지지 않고 불리며 감동과 영감을 불러일으키는 곡이다. 하지만 나는 오래전 그 곡의 묵시적 내용을 알게 된 후로는 노래를 들으면서 관찰은 했어도 따라서 불러본 적은 없다. 군인이기 때문에 싸우는 것이 아니라, 신의 진리를 이루기 위해 적을 짓밟겠다는 가사는 전쟁을 국가 간의 대립과 분쟁이 아니라 선악의 싸움으로 이해하고 십자군의 성전聖戰을 떠올리게 한다. 가사는 영광 가운데 재림한 예수가 분노하여 적을 짓밟는 장면을 묘사하면서, 그의 진리가 행진하는 병사들과 함께하고 있음을 증언한다. 재림 예수의 진리를 위해 행진하는 군대는 마지막 심판과 최후의 전쟁을 준비하는 군대다. 계시록의 언어를 그대로 쓰고 있는 가사에서 종말론적 사명을 전쟁터에서 이뤄내려는 의지가 읽힌다.

가사를 쓴 줄리아 하우Julia Howe, 1819~1910는 원래 묵시록의 언어보다는 에머슨과 소로의 초월주의 언어에 더 익숙했던 사람이다. 당시로선 진보적 시인이었고 여성운동을 펼친 작가였다. 칼뱅주의의 억압적 세계관을 포기하고 유니테리언교로 개종하기도 했다. 청교도 세계관의 종말의식에서 벗어나 자연과 동화하고 자유를 노래하고자 했다. 하지만 남북전쟁 당시 북군의 행진을 목격하고, 북군의 승리를 기원하는 노랫말을 쓸 때 그가 의

존했던 것은 예언의 언어였고 묵시록의 세계관이었다. 그가 써서 남긴 것은 군가였고 동시에 적을 멸하는 신을 찬양하는 찬송가였다. 북군은 재림 예수의 군대였고, 신의 분노를 사탄에게 드러낼 병사들이었다. 전쟁과 군대를 묵시록의 언어로밖에 표현할 수 없는 건 미국이라는 나라의 정서적 무의식의 한계일까. 미국이 구원의 사명을 받았고 이를 실천하기 위해 강해야 한다는 인식은 현대의 미국에서도 유효한 신념이다. 하우가 곡의 가사를 쓰게 되는 과정도 예사롭지 않다. 하우는 그날 새벽에 잠에서 깼다. 다시 잠들기 전에 가사가 머릿속에 떠오르기 시작했고 어둠 속에서 펜을 찾아 써내려갔다고 한다. 마치 예언을 기록하듯 쓴 것이다. 그 내용이 계시록의 내용을 담고 있다는 것은 오히려 당연한 것일 수도 있다.

신미양요와 운요호 사건의 공통점

신미양요1871와 일본에 강화도조약 체결의 빌미를 제공한 운요호 사건1875은 한 가지 공통점이 있다. 국기에 관한 것이다. 조선군의 선제 포격을 받은 미군은 이를 국기에 대한 모독으로 간주했다. 성조기가 해를 입지 않았지만 국기의 명예를 실추시킨

중대한 사건으로 규정짓고, 이에 상응하는 사과와 보상을 조선에 요구했다. 놀랄 만한 논리의 비약이지만, 이는 당시 미군 함대의 지휘관 존 로저스John Rodgers의 보고서에도 등장하고 전투에 참전했던 윈필드 슐레이Winfield Schley 장군도 훗날 회고록에서 같은 얘기를 한다. 이들은 조선군의 진지를 공격해 큰 인명 피해를 입힌 것을 성조기 공격에 대한 보복으로 설명했다. 이때 성조기는 단지 미국을 상징하는 깃발이 아니었다. 그 자체로 어떤 주권을 행사하는 실체였다. 신학적으로 본다면 그 실체는 피와 제물의 제사를 통해서만 만족될 수 있는 신적인 존재, 아니 어떤 우상이나 물신이라고도 할 수 있다. 국기에 대한 신격화를 일본이 배운 것일까. 일본은 조선군의 포격이 운요호에 위협이 되지 못했지만 이를 일본 국기에 대한 모독으로 간주했다. 곧 보복 공격이 가해졌고 많은 조선 수비대의 사상자가 발생했다. 일본의 국기가 법으로 제정되고1870 몇 년이 채 안 되어서 이와 같은 국기에 대한 신념이 생겨난 것이다.

신미양요와 운요호 사건에서 국기와 관련된 주권의 전이가 이뤄졌다고 볼 수 있을까. 미국만을 보자면 시민에서 국기로의 전이, 즉 미국 내부의 민주주의를 유지하는 시민의 주권에서 팽창주의를 전제하는 국기로의 전이를 말한다. 국기는 시민과 달리 말을 하지 않지만, 그 의미는 이미 자유로 규정된 미국의 운명으로 드러나 있다. 미국의 운명이 자유이고 그 자유의 주권을 국기가 간직하고 있다는 설명이 가능해진다. 주권의 실체인 국기는 섬김을 요구하고, 국기 앞에서 갖추어야 하는 예의나 국기를 다룰 때 지켜야 하는 규칙은 모두 섬김의 행위에 속한다. 전쟁에서 싸우다 죽은 미군은 모두 자유를 위해 죽었다는 칭송을 듣는다. 주검이 실린 관은 성조기로 감싸 헛되지 않는 죽음을 위로한다. 한국에서 제정된 국기에 대한 맹세는 "태극기 앞에서"의 맹세를 말하지만, 미국의 맹세에선 "성조기에" 충성과 맹세를 요구한다. 태극기는 맹세의 증인 역할을 하지만 성조기는 그 대상이 된다. 두 사건이 일어났던 강화도에는 각각 성조기와 일장기가 꽂혔다. 땅에 국기를 꽂는 것은 그 땅을 차지했음을 선언하는 행위다. 달에 꽂힌 성조기 사진이 아직도 회자되는 이유는 달의 상징성 때문만이 아니라, 달의 공간까지도 미국을 위한 자유의 영역으로 생각하고 주권을 행사하겠다는 의지를 상징하기 때문이다.

1882년 조미수호통상조약 체결 당시 미국을 대표해 서명을 했던 미 해군 장성 슈펠트Robert W. Shufeldt는 1886년 선교사 아펜젤러Henry G. Appenzeller를 일본에서 만나 그에게서 조선이 서구 세계에 처음 문호를 개방할 당시의 정황을 글로 기록해줄 것을 부탁받는다. 《코리아 리파지토리Korean Repository》1892에 실린 슈펠트의 기록 마지막 문단에 흥미로운 광경이 묘사되어 있다. 슈펠트와 함께 배에서 내린 부하 병사들은 조약식을 위해 설치된 텐트 옆에 성조기를 "평화롭게peacefully" 꽂았고, 조약식이 거행될 땐 〈양키 두들Yankee Doodle〉이라는 곡을 연주했다. 평화롭게 성조기를 꽂았다는 말은 성조기를 남의 나라에 꽂는 상황이 주로 평화적이지 않았음을 반증한다. 당시는 미국의 국가가 공식적으로 제정되기 전이었다. 1882년 미군이 제물포에서 연주한 〈양키 두들〉이라는 곡은 국가로 인정받지는 못했어도 비공식 국가라고 불릴 정도로 유명한 군가였다. 독립전쟁에서 남북전쟁 그리고 조선에서까지 적을 조롱하고 아군의 사기를 높이는 곡이었다. 하지만 지금은 군가라기보다는 동요와 민요로 일반인들에게 알려져 있는 곡이다.

미국의 국가나 〈조국 찬가〉도 미국의 정신과 혼을 노래하는 곡일 뿐 군사주의를 찬양하는 군가로 보지 않는다. 그 이유는 미국 정신의 발현은 늘 군사주의를 동반해왔기 때문이다. 군사 문화의 완성은 '군사'는 망각되고 '문화'만 기억되는 상태에서 확인할 수 있다. 슈펠트에게 조선과의 조약은 서구 문명의 영향 밖에 있던 마지막 국가, 즉 은자Hermit의 나라를 그 안으로 불러들이는 행위였다. 그는 이를 '콜럼버스의 달걀'만큼이나 쉬운 일로 평가했다. 모두가 쉬운 일이라고 인정하기 전에 누군가에 의해 달걀이 깨어져야만 한다. 그날 제물포 텐트 옆 성조기가 펄럭이는 모습을 평화롭다고 본 사람은 슈펠트 혼자였을 것이다.

참고문헌

아펜젤러가 자신의 이름으로 실은 슈펠트의 기록은 「슈펠트 제독이 전하는 조선의 개방The Opening of Korea: Admiral Shufeldt's Account of It」이라는 제목으로 《코리아 리파지토리》에 실렸다. 신미양요에 참전했던 윈필드 슐레이의 회고록은 「깃발 아래서의 45년 Forty-Five Years Under the Flag」이라는 제목을 달고 있다. 모두 인터넷에서 내용 검색이 가능하다.

총의 묵시록

미국의 총기 문화를 설명하는 일

얼마 전까지만 해도 시카고가 속해 있는 일리노이주는 미국에서 총기를 공공장소에서 소지할 수 없는 유일한 주였다. 총이 눈에 띄지 말아야 한다는 단서가 붙기는 했지만, 다른 주들에서는 누구나 쉽게 허가 받을 수 있는 총을 차고 일상생활을 할 수 있었다. 일리노이주의 총기 규제 법이 위헌 판결을 받은 이유는 총으로 자기를 방어하는 권리가 어떠한 장소에도 구애받지 않고 보장되어야 한다는 헌법에 위배되었기 때문이다. 최근 총기 산업의 로비단체들이 벌인 소송으로 몇몇 주에서는 대학의 강의실에서도 총을 몸에 지니고 다닐 수 있게 되었다. 다행히도 일리노이

주는 법원의 판결에 따라 새로운 법안을 만들면서 예외조항을 포함시켰다. 학교나 도서관 같은 교육기관은 예외로 인정하면서 금연 표지판과 비슷한 총기금지 안내판을 출입구에 부착하도록 했다.(교회는 자체적인 판단에 따라 예배시간에 총기 소지를 허용할 수 있도록 했다.)

　그 이후로 나처럼 학교 건물로 출근하는 사람은 하루에도 여러 번 총의 형상을 보게 되었다. 총기 소지가 금지된 건물로 들어간다는 것은, 그 밖의 세상은 총이 허용된 공간이라는 사실을 의미한다. 그 효과는 총에 대한 생각을 할 수밖에 없고, 총의 위협을 느끼며 살아가도록 만드는 것이다. 금연 표지판이 흡연을 막지 못하듯이 총기 반입을 금하는 안내판이 총을 소지한 사람이 학교 건물에 들어오는 걸 막을 수는 없다. 미국 대도시의 고등학교에서 총기 유입을 막기 위해 금속 탐지기를 설치하고, 총을 소지한 경비원들이 교내를 순찰하는 건 흔한 일이다. 모든 학교의 교실에 경찰서와 연결된 카메라를 설치해야 한다는 주장까지 듣게 된다. 총이 없는 사람에게 총기 금지 안내판의 효과는 암시 작용에 있다. 총을 결코 부정할 수 없다는 일차적인 암시가 있지만, 그 암시는 총에서 끝나지 않는다. 총의 목적이 생명을 해치는 것이기 때문에 죽음이라는 최후의 암시가 빠질 수 없다. 그런 암시가 통치의 수단이라면 그보다 더 효과적으로 사람을 수동적이고

묵시록의 현재

순응적으로 만드는 수단은 없을 것이다. 누구의 손에 들려 있든 지 그 총은 언제나 죽음을 암시한다. 그 자체로 공포와 복종을 유발하는 힘이 된다. 이런 총의 형상은 미국적인 삶의 일부이고 미국 역사의 일부다. 미국의 군사 문화의 기초를 이루고 미국의 묵시록을 현재형으로 만드는 요소이기도 하다.

미국 밖에 있는 사람에게 가장 설명하기 힘든 것, 그렇다고 미국 내에서도 합리적인 설명이 어려운 것이 바로 미국의 총기 문화다. 잊을 만하면 한 번씩 터지는 대형 총기 난사 사건을 두고 더 강력한 총기 규제를 요구하는 사람이 많지만, 규제를 반대하는 세력도 그들의 논리를 굽히지 않는다. 실제로 이 문제만큼 미국을 갈라놓는 이슈는 없다. 총기 사고로 죽는 사람이 많은 이유는 총이 흔하기 때문이고, 총기 보유율이 높은 이유는 총을 좋아하는 사람이 많기 때문이다. 미국 사람들이 왜 총을 좋아하는지 그 이유를 설명하기란 쉽지 않다. 그러나 그 설명이 유럽의 신대륙 발견과 영국의 청교도들이 미국으로 이주해온 역사에서부터 시작되어야 한다는 점에선 이론이 없다. 서구의 역사에서 근대라는 시기는 식민지를 통해 이루어낸 것이고 식민지 지배는 총과 무기를 통해 가능했으며, 그 시기는 총과 무기의 성능이 놀라운 속도로 발전한 때였다. 결론만 얘기하자면 미국은 총으로 만들어진 나라다. 극단적인 표현으로 들리지만, 그 내용을 부정하지는 못한다. 이를 미국의 입장에서 간략하게 설명해보자.

총으로 만들어진 나라

미국은 신에게서 선택받은 자유의 나라이고, 예외적인 운명을 타고난 나라다. 이 자유는 세상이 알지 못하는 특별하고 예외적인 것이기 때문에 지키고 보존해야 할 이념이었다. 총은 자유를 상징하고 대변할 뿐만 아니라, 광야와 같은 악한 세상에서 자유를 지키는 수단이었다. 신이 인간에 부여한 자유이기 때문에, 총이 지켜내는 것은 인간의 자유만이 아니다. 총은 신의 자유를 지키고 실현하는 역할까지 한다. 이러한 총에 관한 이해의 변증법은 미국적 사유의 본질적 단면을 보여준다. 여기에 묵시록의 세계관이 전제되어 있음을 짐작하는 건 어렵지 않다. 그 세계관은 선과 악의 단순한 구분, 예외적인 선택과 사명을 부여받았다는 자기 이해를 반영하며, 자유라는 추상적인 개념이 총이라는 종말의 무기를 위한 자유로 쉽게 변질될 수 있다는 사실도 포함한다.

흔히 미국 사람들은 주입식 교육을 받지 않기 때문에 상식이 부족한 것으로 알려져 있다. 하지만 총에 대한 지식은 예외일 것이다. 미국인보다 총에 대해 아는 게 많은 이들이 또 있을까. 가끔 대도시 출신의 진보적 성향을 지닌 이가 총에 대해 방대한 지식을 갖고 있어 나를 놀라게 하는 경우가 있다. 물론 내게는 방대하지만 그들에게는 저절로 알게 되는 상식일 뿐이다. 브라우닝Browning, 콜트Colt, 레밍턴Remington, 윈체스터Winchester, 스미스앤드웨슨Smith & Wesson 등의 총을 만드는 회사 브랜드 가치는 여느 일류 기업 못지않다. 미국 역사의 중요한 순간들은 그 시대의 총이나 무기와 함께 기억되는 경우도 많다.(서부 개척 시대의 레밍턴 라이플과 콜트-45, 2차 대전의 카빈 소총, 베트남전쟁의 M-16 등.) 그 이유는 그 순간들이 주로 전쟁의 순간들이었다는 사실도 있지만, 오로지 총에 대한 관심에서 비롯하여 총을 중심으로 사건을 이해하게 만드는 면도 있다.(따라서 총기 사고가 나면 어떤 총이었나, 누굴 암살한 총은 어떤 총이었나에 대한 관심도 갖게 된다.) 흔히 할리우드 영화 산업이 서부 개척 시대의 신화를 만들고 총과 폭력의 문화를 정착시키는 데 기여했다는 비판을 하지만, 이는 미국의 총기 사랑에 대한 표면적 설명밖에는 되지 않는다.

실제로 미국의 총기 문화가 언제부터 시작되었는가 하는 질문은 여전히 논란의 대상이다. 원주민들을 무력으로 굴복시켜야 땅을 차지할 수 있었던 백인들에게 총기 소유는 필수였다고도 한다. 서부로 영토를 확장하던 시기엔 법보다 총이 앞섰기 때문에 총기 보유율이 높아졌다는 설명도 있다. 하지만 18세기 미국 백인들이 사망하면서 유언으로 남긴 물품의 목록을 조사한 결과 일반인들은 총을 많이 보유하지 않았으며 지금의 총기 문화는 19세기에 정착되었다는 연구도 있다. 미국의 총기 문화가 영화 산업이 흥행을 목적으로 고안해낸 발명품이라는 입장도 있고, 총을 자유와 권리의 문제라 주장하는 총기 산업의 로비에 힘입어 미국의 총기 문화가 유지되었다는 분석도 있다.

대통령 후보 시절 오바마는 시골의 가난한 백인들이 빈곤의 악순환 속에서 소외되면서 왜곡된 세상 인식을 갖게 되었고, 국가의 정책으로 삶이 나아질 수 있다는 생각을 포기하면서, 결국은 총과 근본주의 신앙에 빠진다는 말을 했다. 이 말이 언론에 공개되어 엘리트적 발상이라는 호된 비판을 받았다. 그 얼마 후 미국 남부에서 활동하는 레너드 스키너드Lynyrd Skynyrd라는 록밴드는 오바마를 은연중 비판하는 〈신과 총God and Guns〉이라는 곡을 냈다. 가사가 재미있다. "신과 총이 우리를 강하게 만들지/ 그것이 이 나라의 토대를 이룬 것이라네/ 글쎄 포기하고 도망치는 편이 낫지/ 우리가 그들로 하여금 신과 총을 빼앗아가게 둔다면God and guns/ Keep us strong/ That's what this country/ Was founded on/ Well we might as well give up and run/ If we let them take our God and guns." 미국의 평범한 백인들의 정서를 잘 대변한 이 곡에서 '신'과 '총'은 항상 함께한다. 가사 배경에는 신을 버리고 다문화주의를 선호하며 미국을 세속 사회로

63

만든 자유주의자들이 이젠 우리의 총까지 빼앗으려 한다는 위기의식이 담겨 있다.

가사는 미국이 '신'과 '총'의 바탕 위에 세워졌다고 고백한다. 이 둘이 분리될 수 없다는 고백은 평범한 백인들 사이에선 일반적인 것이다. 그들의 삶 속에서 신은 위대하고 총은 선하다. 총기 문제는 대도시에 국한된 것이며 자신들의 책임이 아니고, 총기 소유를 규제한다면 모든 것을 포기하고 떠날 수밖에 없다는 협박조의 내용이다. 어디로든 떠날 때 총은 들고 떠나겠다는 말이기도 하다. 분명한 것은 미국의 역사에서 신의 존재와 총의 현실이 불가분의 관계를 맺고 있다는 점이다.

총의 신학사

미국에서 총은 신학적인 역사를 갖고 있다. 그 신학은 묵시적인 것이고, 미국의 묵시록은 총을 제외하고 설명될 수 없다. 미국 신학의 역사는 청교도들에서 비롯한다. 메이플라워호에서 육지에 첫발을 내디딘 사람이 총을 들고 내렸다는 확실한 증거는 없지만, 미국 정신의 뿌리가 되는 '메이플라워 서약_{Mayflower Compact}'이 체결된 그 배에는 상당한 양의 총과 무기가 실려 있었다. 그들에게 마귀가 들끓는 광야에서 믿을 건 총과 하나님밖에 없었다. 광야에서 에덴을 개척해야 할 선민들에게 필요한 것은 땅이었고, 땅을 마련하기 위해 총은 필수였다.

17세기 청교도들에게 일요일은 총을 드는 날이었다. 예배 참석 시에 총은 의무적으로 소지해야 했다. 늑대와 원주민들의 공격을 퇴치한다는 명분이었다. 예배를 드리는 마을 회관에는 망루가 있었고, 교회는 무장한 보초가 지키던 요새였다. 예배 중에도 총을 옆에 두고 유사시에 발사할 수 있어야 했다. 말 그대로 군사적 교회Ecclesia Militans였다. 죄와 마귀를 상대로 상징적 싸움을 벌이는 교회가 아니라, 총을 든 군사적 조직에 의해 움직이는 교회였다. 그런 군사적인 장치가 필요할 정도로 원주민들의 공격이 빈번했는지 궁금해야 할 필요는 없다. 그런 보안조치 때문에 원주민 공격을 사전에 예방했다는 주장을 내세울 수 있기 때문이다.

그러나 백인들이 영토를 확장하면서 원주민들과의 마찰은 필연적이었다. 청교도들은 이 분쟁을 신에게 부여받은 사명을 실행하려는 선택받은 백인들과 이를 막으려는 불신의 원주민들 사이의 분쟁으로 이해했고, 총과 무기로 원주민들을 굴복시켜야 한다는 생각이 확산되었다. 청교도 교회 내에서는 총기 사용과 훈련이 강조되었고, 총의 선함과 정당성은 설교를 통해 재확인되기도 했다. 청교도들이 총과 무기에 집착한 이유로 원주민들과의 분쟁을 무시할 수는 없지만, 그들이 만들어낸 원주민들에 대한 타자 인식과 사악한 세상으로부터 공격당하는 약자이자 피해자라는 자기 인식도 무시할 수 없다. 원주민을 구약시대 이스라엘 민족을 괴롭혔다는 아말렉 족속으로 보는 시각은 청교도들 사이에선 오래된 것이었다. 그들이 건설하려는 예루살렘이 하나님의 뜻을 거역하는 원주민들에 의해 포위되어 있다는 사실은 오히려 계시를 증명하는 것이었다. 청교도들이 생각한 원주민은 신학적 상상의 산물이었다. 미국의 종말론적 사명의 드라마에서 조역을 맡아 광야에서 실체 없이 떠도는 이스라엘의 적, 그리고 최종적으로 총에 굴복당하여 땅을 제공하는 역할을 맡은 것이다.

청교도들에게 총은 신의 사명을 실현하기 위한 도구였고, 그 사명은 최후의 국가가 되는 것이었다. 그 후의 역사에서도 미국의 예외적인 정체성은 총과 무기를 매개로 유지되었다. 미국 역사의 무의식에서 총은 신의 편에 서 있는 미국이 신의 정의를 집행하도록 내려받은 선물이었고 축복의 상징이었다. 그 선물의 현재성을 지키기 위해서라도 가장 앞선 무기를 보유해야만 했다. 그 관점에서 냉전 시대는 선택받은 미국과 무신론자들의 싸움이었으며, 냉전에서 거둔 승리는 신의 승리이자 무기의 승리였다. 신과 무기는 분리될 수 없는 미국 정신의 양대 근원이었다.

군사적 우위를 다른 나라에 내준다는 건 있을 수 없는 일이었다. 미국의 군사정책의 기초가 바로 거기에 있다. 군사적 우위를 지키지 못한다는 것은 신의 축복, 미국의 예외성, 미국이 받은 사명의 근거가 없어짐을 의미한다.

미국에서 자유의 개념은 평등하지 않고, 언제나 예외적이다. 총은 그 자유를 가능케 하고 지키는 도구였다. 청교도주의의 논리에 의하면 자유는 미국에 부여한 신의 선물이었고, 자유는 신의 속성에 속한다. 그렇다면 총은 인간의 자유만이 아니라 신의 자유를 지키는 역할을 한다. 그것이 록음악 〈신과 총〉이 담고 있는 미국적 정서의 깊은 차원의 논리다. 미국의 군사주의와 근본주의는 언제나 같은 목표를 지향해왔다. 미국의 예외주의는 군사적이고도 신학적인 자기 이해다. 군사 문화를 정당화하고 완성시키는 역할을 수행한 것은 근본주의 신학이었다. '십자가 군병'이라는 표현같이 복음 전파를 군사적 용어로 설명해온 19~20세기의 역사가 이를 증거한다.

미국의 군사주의와 근본주의가 함께 공유하는 또 다른 것은 최후의 국가가 되기 위한 종말론적 세상 이해다. 마지막 전투까지 이겨야 한다는 각오는 미국의 군사주의만이 아니라 미국의 종말론적 종교 집단들에서도 볼 수 있는 모습이다. 대량의 총을 확보해 최후의 전투를 준비하면서 종말의 주역이 되고자 하는 예를 1970년대 짐 존스Jim Johns가 이끄는 인민사원이나 1990년대 FBI와 혈전을 벌인 데이비드 코레시David Koresh의 다윗파 등에서 볼 수 있다. 미국의 주류 기독교가 폭력과 전쟁을 자유의 이름으로 용납해온 역사는 따로 설명할 필요가 없다. 미국의 군사주의와 청교도주의가 만들어낸 것은 전례 없는 총의 문화만이 아니라 그와 연결된 폭력의 문화다. 총을 수용하는 만큼 폭력에 둔감해질 수밖에 없다. 또 총의 문제를 해결하면서 폭력적인 강압에 의존하지 않을 수 없다. 내가 옳다는 생각과 정의가 내 편이라는 생각으로 정당화된 폭력은 가혹할 수밖에 없다.

총의 존재론

미국의 총기 규제 논란에서 늘 제기되는 질문은 총이 문제인가 아니면 사람이 문제인가 하는 것이다. 한쪽에선 총기 소유를 제한해야 사고를 줄일 수 있다고 주장하고, 다른 쪽에선 총의 문제는 총이라는 도구가 아니라 총을 이용하는 사람이 문제라고 반박한다. 오히려 총을 공개적으로 소지하고 다닌다면 사고를 줄일 수 있다고 믿는 사람들이 많다. 한쪽에선 폭력과 살생의 문제로 보고, 다른 쪽에선 자유와 권리의 문제로 본다. 그러나 문제는 총을 가진 사람, 즉 총과 사람의 상호작용에서 빚어진다. 내가 총을 드는 순간 나와 세상의 관계는 바뀐다.

총은 생명을 해치는 목적이 있고, 그 총을 든 사람은 그 목적을 가능성으로 부여받는다. 생명을 순간적으로 끝낼 수 있는 총의 힘은 인간을 새로운 존재로 만든다. 총을 가진 사람에게 생명의 세계는 궁극적인 객관화의 대상, 즉 총기를 겨눌 타깃이 된다. 이분법적인 발상의 극치라 할 수 있겠다. 총을 통해 나는 생명을 결정짓는 초월적이고 종말적인 자아를 이루고, 그 자아는 기계적인 것을 통해 인간의 한계를 벗어나고자 했던 서구적 인간의 오랜 욕망이 극적으로 실현된 형태라 할 수 있다. 총은 생명을 해치는 기능밖에는 없고, 총을 가지는 것은 생명을 순간적으로 끝낼 힘을 가지는 것을 의미한다. 신의 존재를 추구했던 서구적 인간의 이상이 바로 그 힘의 초월적이고 종말적인 차원에 의해 실현된 것이 아닌가 하는 주장도 할 수 있다.

18~19세기 미국을 관찰한 사람들은 미국인을 이전까지 없었던 '새로운 인간'이라 규정하는 예가 많았다. 그 새로운 인간을 통해 세상이 바뀔 것이라는 예언도 흔했다.(그 미국인에게 총이 중요했다는 관찰은 많았어도, 그 총으로 미국인이 만들어졌다는 분석은 20세기에 들어서야 나온다.) 광야로 여기던 땅에서 살아남기 위한 수단으로 여겨졌던 총은 어느 순간 수단이 아니라 (많은 미국인들

—
미국의 묵시록

의) 존재의 중심이 되었다. 어쩌면 이 총의 존재론이 타인과 담을 쌓고 이루어내는 서구적 개인주의의 종착점인지도 모른다. 총의 정의와 총의 폭력으로 세상을 바라보는 시각은 서부 개척 시대의 유산으로 풍자되기도 하지만, 이보다 더 깊은 미국의 종말론적 사상의 역사에 뿌리를 두고 있다.

최고의 서부영화라 평가받는 프레드 진네만Fred Zinnemann 감독의 〈정오High Noon〉에서 최후의 결투가 벌어지기 직전 마을 교회에서 예배드리는 장면이 나온다. "영광, 영광, 할렐루야"라는 후렴의 찬송가 소리가 퍼져 나온다. 노랫소리는 신의 정의가 승리할 것이라는 암시와 곧 모든 게 끝난다는 암시를 동시에 전한다.

총의 묵시록을 가장 잘 드러내는 건 서부영화다. 서부 개척 시대와 총에 대한 환상적인 신화가 서부영화를 통해 사람들의 의식 속에 심어졌다는 주장은 맞는 말이다. 하지만 미국에 총과 폭력, 정의와 신에 대한 정서적 기초가 이미 형성되어 있었기 때문에 서부영화는 20세기 미국 영화를 대표하는 장르가 될 수 있었다. 청교도들의 선악관과 총기에 대한 신뢰와 종말의 세계관이 19세기 중반의 서부 개척 시대에까지 이어져 내려왔다. 질서가 무너지고 악이 판치는 절망의 상황 속에서 총잡이 영웅이 나타나 최후의 결투를 벌이는 묵시록 드라마의 구도는 서부영화의 전형적인 서사다. 총으로 죽고 총으로 살아야 하는 상황에서 폭

71

력을 삶의 일부로 받아들여야만 한다. 사막에서 총에 맞아 죽는 악인들에게 죽음이란 부활이나 구원이 없는 죽음이었다. 서부 개척 시대의 신화가 미국의 신화가 된 이유는 그 묵시록의 신화를 관객들이 이미 이해하고 있었기 때문이고, 화면 속에서 재현되는 드라마를 적극 수용할 의지가 있었기 때문이다.

미국의 총기 소유자들에게 왜 총이 필요한지 물으면 돌아오는 답변은 대개 미래에 어떤 일이 일어날지 모르기 때문에 그렇다는 것이다. 부당한 국가권력에 대해 군사적으로 저항해야 할 때가 올지도 모르기 때문에, 누군가에 의해 불의의 공격을 당할지 모르기 때문에, 법에서 보장된 권리를 행사하고 싶어서, 종국에는 총밖에 의지할 곳이 없기 때문이라는 총을 위한 변명을 구체적으로 듣게 된다. 모두 현실적이지 못한 환상적인 발상이지만 그 피해는 너무 크다. 총으로 최후를 준비하는 사람들이지만, 총은 그 최후를 앞당긴다. 이는 묵시록을 실천하는 길이다.

미국의 묵시록

참고문헌

청교도들이 주일을 어떻게 지켰는가에 대한 내용은 앨리스 모스 얼Alice Morse Earle의
『뉴잉글랜드 청교도의 안식일The Sabbath in Puritan New England』NY: Charles Scribner's Sons,
1896을 참고했다. 18세기 백인 사망자들의 유언 연구를 담은 『미국을 무장시키며: 미
국 총기 문화의 기원Arming America: The Origins of a National Gun Culture』Alfred A. Knopf, 2000은
총기 소유를 제한해야 한다고 믿는 사람들 사이에 큰 화제가 되었지만, 지은이 벨라
일Michael Belleisles 교수는 위조된 자료를 사용했다는 이유로 이미 받은 상까지 취소되
고 교수직까지 잃는 등 큰 타격을 입었다.

묵시록의 현재

맥도날드 블루스

서글픈 현실의 블루스

미국에서 나의 하루는 주로 동네 맥도날드에서 시작한다. 아침에 차로 5분 거리에 있는 맥도날드에 들리지 않는 날은 거의 없다. 남미 출신 직원은 주문을 하지 않아도 내 모습이 보이면 커피를 따르기 시작한다. 단골인 것은 분명하지만, 장사에 도움이 되는 고객은 아니다. 사는 것이라곤 작은 사이즈 커피에 크림 두 개가 전부이고 오랫동안 자리를 차지하고 앉아 있기 때문이다. 그렇다고 직원들이 눈치를 주는 일은 없다.

아침의 맥도날드는 동네 백인 노인들의 사랑방이기도 하다. 10명 안팎의 노인들이 예외 없이 자리를 차지하고 대화를 나눈다. 주로 전날 스포츠 경기나 자동차, 젊은 시절 군대나 최근 정치 얘기가 주를 이룬다. 대화에서 개개인이 맡는 역할은 언제나 비슷하다. 늘 대화를 이끌어가는 사람이 있는가 하면, 듣기를 좋아하는 사람, 늘 빈정거리는 투로 말하는 사람도 있다. 그런데 처음 맥도날드를 드나들 때부터 내 시선을 끈 한 사람이 있다. 언제나 검은 운동모자를 쓰고 다니는 백인 노인이었다. 군부대 마크 옆으로 '한국전쟁 참전 용사'라는 글자가 박힌 모자였다. 사실 미국에 징병제가 있던 시대에 젊은 시절을 보냈던 노인들이라 대화에 낀 거의 모두가 한국전쟁 아니면 베트남전쟁의 참전 용사들이었다. 모자를 늘 쓰고 다니던 노인이 한국 어느 지역의 전투에서 싸웠다는 이야기를 어깨 너머로 몇 번 들은 적이 있다. 그 경험이 특별하지 않았다면 그런 모자도 쓰고 다니지 않았을 것이다. 일면식도 나누지 못한 그 노인이 작년부터인가 보이지 않는다. 그런 식으로 대화의 멤버들도 교체된다.

맥도날드는 한때 미국의 상징이었다. 맥도날드의 브랜드 로고인 골든 아치Golden Arch는 성공과 확장과 불패의 아이콘으로 세상에 알려졌다. 미국의 팽창주의와 효율주의를 뜻하는 맥도날드화McDonaldization라는 말까지 생겨날 정도로 미국과 맥도날드는 한때 상징과 의미의 동반자였다. 맥도날드는 효율주의를 자본주의의 조각 난 시간 개념에 들어맞는 '패스트푸드'라는 음식 문화로 완

75

미국의 묵시록

성시켰고, 여기서 근대의 합리성은 패스트푸드의 효율성으로 대체되었다. 어느 순간 저렴한 햄버거를 효율적이고 표준화된 방식으로 만들어내는 기업이 아니라 미국의 가치와 문화를 대변하는 이념으로 부각되었고, 반미 데모의 현장에서는 공격의 대상이 되기도 했다. 브랜드 이미지에 대한 집착이 강해 조그만 가치 훼손에도 소송을 벌이는 기업으로도 알려져 있다.

그러나 상징과 경험의 괴리는 언제나 넓고도 깊다. 맥도날드에서 일하는 직원이나 그곳에서 끼니를 때우는 고객에게 효율성의 덕목이나 불패의 신화는 별 의미가 없다. 오히려 그런 가치의 기준에서 멀리 떨어져 있는 사람이 맥도날드에서 일을 하거나 고객이 되는 경우가 많다. 직원들에게 효율주의의 대가는 최저 임금을 약간 웃도는 시급이다. 맥도날드를 매일 방문하는 노인들에게 그 공간은 경로할인 받은 커피 한 잔으로 친구들과 하루를 시작하는 곳이고, 남미의 이민자들이 미국이라는 땅에서 최소한의 삶을 보장받기 위해 투쟁하는 일터다. 승리의 교향곡보다는 서글픈 현실의 블루스가 더 어울리는 곳이다.

패스트푸드의 묵시록적 시간 이해

테일러주의라는 효율성을 강조한 자본주의의 대량생산 체제는 맥도날드와 같은 패스트푸드 체인점을 통해 소비자들에게 익숙해졌다. 프레더릭 테일러Frederick W. Taylor의 이론은 단순했지만 20세기 미국의 자본주의에 그 어떤 이론보다 큰 영향을 미쳤다. 그의 실험은 노동의 과정에서 각 공정에 필요한 최소한의 동작을 시간으로 환산해 하루의 목표 업무량을 노동자에게 부과하는 것으로 시작했다. 그가 스톱워치로 제철회사 노동자의 움직임을 측정해 기록하는 모습은 20세기 자본주의 사회의 노동자가 탄생하는 장면이었다. 노동 시간을 분 단위까지 나누고 그 쪼개진 시간 내에서 효율성을 측정하여 노동자의 가치를 평가했다. 테일러주의의 의도는 실수나 불확실성을 배제하고 계산과 예측이 가능한 경영을 추구하는 것이었지만 그 본질은 '인간적'인 차원을 생산 과정에서 배제하여 '기계적'인 인간을 만들어내는 것이었다. 그 결과 햄버거를 생산하는 일은 고객에게 음식을 제공하는 게 아니라 기업의 기계화된 생산 시스템 관리가 주가 된다. 자본주의가 원하는 소외된 인간을 만들어내는 공간에서 내가 매일 목격하던 만큼의 인간관계가 이뤄진다는 것은 사람들의 창의성과 저항정신 때문이라 할 수 있다. 분리된 개인으로만 존재하도록 요구하는 자본주의 제도에 맞서 연대하고 공동체를 이루려는 노력은 노동운동의 역사를 통해서만 확인할 수 있는 게 아니다. 계획된 소비와 생산의 공간이 노인 고객들에게 서로의 인간성을 확인하는 쉼터가 되기도 하고, 노동자들에겐 자본의 현실을 깨닫게 하는 공간이 되기도 한다.

패스트푸드라는 '빠른 음식'은 흥미로운 시간의 이해를 담고 있다. 음식이 빨리 제공되어야 하는 이유는 시간이 없기 때문이다. 하지만 왜 사람들은 노동시간도 짧아진 20세기 중반에 시간이 없는 삶을 살게 되었을까? 왜 패스트푸드 산업은 급속도로 성장하여 가난한 자들의 음식 문화로 정착하게 되었을까? 맥도날드를 필두로 패스트푸드 산업이 성장하기 시작한 1950년대 미국은 손목시계를 착용하는 사람들이 급속도로 늘어나던 시기였다. 시간이 갑자기 소중해진 것일까 아니면 차원이 다른 개념의 시간을 살게 된 것일까? 그 시대 미국인들은 핵전쟁으로 시간이 언제 끝날지 모르는 공포 속에 살고 있었다. 불안과 공포의 시간은 자본주의에 유용한 시간이었을지도 모른다. 자본주의를 이해하는 데 시간에 대한 이해는 매우 중요한 가치를 지닌다. 제국주의가 공간의 개념이라면 자본주의는 시간의 개념이다. 자본주의 문화가 보편화되면서 시간에 대한 이해도 바뀌었다. 시간은 쪼개지고 나뉘고 분리되어 사라졌다. 출근부에 출근 시간을 찍고

휴식 시간이나 일을 마치고 퇴근할 때 또다시 시간을 찍고 나와야 하는 일상은 노동자들로 하여금 일이 아니라 시간에 사로잡히고 내몰린 생활을 할 수밖에 없게 만들었다. 시간은 여유가 아니라 견뎌야 하는 대상이 되었고 결국은 시간으로부터의 소외라는 인식으로 이어졌다. 그 결과 현대인들의 의식 속에 자본주의의 시간은 사라진 시간 그리고 남의 시간을 사는 느낌으로 남아 있다. 패스트푸드를 기다리는 사람들에겐 실제적인 시간의 유무와는 상관없이 몇 분의 시간도 기다리기 힘든 시간이 된다. 시간의 효율성을 지향하는 자본주의는 햄버거를 만드는 과정에서만 적용되는 것은 아니다. 소비자에게도 그 공간은 자본주의의 시간을 확인하고 강요받고 실천하는 곳이다.

시간이 없다는 인식은 묵시록의 시간 이해다. 미국에서 그 인식을 재확인시켜준 건 냉전 시대의 핵전쟁 공포였다. 패스트푸드가 미국 전역으로 확산되는 시기에 대규모 고속도로 건설이 한창이었다. 핵전쟁으로 먼저 파괴될 도시로부터의 탈출을 염두에 둔 것이었다. 공간의 거리가 가까워질수록 시간은 역설적으로 줄어들었다. 패스트푸드는 냉전 시대의 자본주의를 상징한다. 그 중심에 묵시록의 시간 이해가 있다. 자본주의가 끝나야만 새로운 시간이 열릴 것이라는 기대를 일축하며, 자본주의로 시간이 끝난다는 어떤 예언이 들어선 것은 아니었을까. 냉전 시대 묵시록의 공포를 만들어내고 패스트푸드를 통해 사라진 시간의 음식 문화를 만들어낸 자본주의를 묵시록의 철학이라 부를 수는 없을까. 맥도날드는 몇 년이 지나도 썩지 않는 햄버거와 감자튀김으로 유명하다. 구매한 지 몇 년이 지나도 멀쩡한 햄버거와 감자튀김이 박물관에까지 전시되었다는 뉴스가 한때 화제였다. 또한 달 동안 맥도날드 음식만 섭취하고 몸의 변화를 측정한 사람이 만든 다큐멘터리도 있다. 음식이 썩지 않는다는 것은 자연의 상태에 있지 않다는 것이다. 시간이 멈추어 더는 작동하지 않는 상태, 없어진 시간을 사는 상태에서 묵시록의 시간과 자본주의의 시간을 읽는다.

자본주의와 종말론

21세기 초반에는 묵시록 담론의 중심에 자본주의가 자리를 잡는다. 핵폭탄의 묵시록은 자본주의 묵시록에 의해 대체되었다. 냉전 체제가 붕괴한 후 본격적으로 등장한 자본주의 세계화 속에서 세상의 몰락을 읽는 이유는 두 가지다. 자본주의의 생산과 경쟁 속에서 자연과 생태계는 파괴되어 회복될 수 없는 지경에 이르렀다는 믿음과 세상이 망하더라도 자본주의는 변하지 않을 것이라는 자괴적인 인식이 만연했기 때문이다. 자연이 감당할 수 없을 정도로 비대해진 자본주의 소비 욕구를 채우기 위해 동원된 반생명적인 기술의 대가는 신체의 질병과 인류가 쌓아 올린 가치의 파괴로 나타났다. 자본주의는 인간을 욕망과 소비의 주체로 만들었다. 이전의 도덕성을 중심으로 한 인간 이해는 이기적이고 배타적인 인간 이해로 대체되었다. 인간은 경쟁의 상황 속에서 가장 인간적일 수 있고, 세상은 도덕적인 인식이 아닌 자신의 이익만을 추구하는 사람들만이 모여도 건재할 수 있다고 믿게 되었다. 생산과 소비의 자원으로 전락한 자연은 균형을 잃고 결국 재난의 현장이 되어가고 있다. 자본주의가 세상을 망치고 있고 결국에는 몰락의 길로 인도할 것이라는 진단이 늘고 있는 상황에서 자본주의를 세상의 파괴와 종말의 묵시록으로 이해하는 것도 당연한 것으로 보인다.

자본주의에 의해 디스토피아의 현장으로 변해버린 세상을 살아가는 인간의 모습을 담아낸 개념이 좀비다. 좀비Zombie는 무기력하게 죽음과 삶 사이를 배회하면서, 반半죽음의 상태를 유지하기 위해 다른 사람의 살을 뜯어 먹어야 한다. 결코 이길 수 없는 경쟁의 서바이벌 게임을 하도록 강요받고 사는 현대인들은 좀비에서 그들의 아바타를 찾았다. 인간적인 세상은 이미 끝났고, 마지막 세상에서 생존하기 위해서 모든 가치의 종말과 패배를 인정하고 무의식의 상태에서 떠도는 모습이다. 그 소용돌이에서도 유지되는 생각 없는 생산과 소비는 자본주의가 원하는 세상을 완성하고 있다. 인류가 과연 살아남을 수 있을까 하는 문제는 좀비 영화들의 주제일 뿐만 아니라 자본주의 시대 인문학의 공통 주제이기도 하다.

미국 문화의 저변에 묵시록적인 종말론이 흐른다면 미국의 자본주의는 그와 어떤 연관이 있을까? 실제로 자본주의를 미국의 정신으로 인정하고 미국이 없는 자본주의의 발전은 상상할 수도 없다. 미국의 자본주의와 종말론을 연결할 수는 없을까? 막스 베버의 『프로테스탄트 윤리와 자본주의 정신』이라는 유명한 책의 내용을 살피면서 추론해보자. 베버는 청교도들에게서 시작하는 미국 자본주의의 기원을 그의 책에서 다뤘지만, 거기서 묵시록의 근거도 찾을 수 있다는 게 나의 생각이다. 베버는 자본주의의 기원을 설명하면서 자본주의가 가장 발달한 미국으로 눈을 돌렸다. 그에게 미국은 청교도의 나라였고, 그 나라에서 자본주의가 발달했다면 어떤 종교적인 이유가 있을 것으로 생각했다. 베버는 그 이유를 청교도들의 신학 즉 칼뱅주의의 예정론에서 찾았다. 구원은 신의 주권에 속한 문제이기 때문에 자신이 예정된 구원을 받았는지 아니면 저주의 대상인지 알 수가 없었다. 자신의 운명을 알 수 없는 상태는 두렵고도 외로운 번민의 상태다. 하지만 선택된 자들의 삶은 외부에서 보기에도 달라야 했다. 그들은 신의 부름을 받아 세상으로 왔다고 믿기 때문에 세상에서의 의무를 다하고 충실한 삶을 사는 게 하늘에 합당한 선민의 삶이었다. 베버에 의하면 그런 삶은 근검절약을 실천하고 모든 맡겨진 일에 계산적이고 합리적인 생각으로 임하는 자세를 요구했다. 즉 구원을 받은 사람은 일상의 생활에서 성실하고 자신감 있게 산다는 말이었다.

여기서 베버가 다루지 않은 부분을 생각해보자. 베버는 청교도들이 하늘로부터 받은 소명의식이 세상에서 열심히 일하며 살아야 한다는 것이고 이런 모습이 선택받은 자들의 삶의 모습이라 했지만, 청교도들의 소명의식 중에 세상의 마지막 날을 준비할 새로운 예루살렘을 건설한다는 종말론적 사명을 간과했다. 세상의 사람들과 구분되어 신의 부르심을 받았다는 소명의식은 그 자체로 종말의 사건이다. 세상의 마지막 날을 신에게 선택된 사람에게 합당한 성실과 열성을 다해 살라는 사명을 받은 것이다. 만약 베버의 말대로 청교도들의 소명의식이 자본주의 정신의 조건이었다면 그들의 삶은 자본주의 정신을 구현하는 종말론적인 삶의 모습이었다 할 수 있다. 여기서 자본주의적인 삶은 종말의 과도기적인 삶이었고 곧 사라질 시대를 사는 방식이었다는 추론도 제기해볼 수 있다. 그 방식은 합리적이고 계산적인 세계관을 도입해 불필요한 생각과 활동을 제한하고 단순한 삶을 추구했다.

　자본주의가 어떻게 서구의 기독교 문화 속에서 등장할 수 있었을까 묻는 것은 그 문제가 더는 중요하게 다뤄지지 않는 지금도 가치 있는 질문이다. 베버는 자본주의의 정신을 얘기했지만 실제로 자본주의라는 단어에 익숙해지기 시작했던 19세기에 자본주의의 탐욕이 아닌 정신을 얘기한 사람은 흔치 않았다. 자본주의가 체질화된 삶을 사는 사람들은 자본주의와 기독교가 모순된 가치라는 사실을 쉽게 인식하지 못하지만, 베버 자신은 그 부분을 중요하게 생각했다. 자본주의의 물질적 가치가 중세에는 절대로 받아들여질 수 없는 탐욕적인 것이었다는 사실을 베버는 분명히 인식하고 있었다. 청교도들이 자본 친화적인 신앙을 받아들이는 데 필요했던 세계관을 칼뱅주의의 예정론에서 찾았지만, 그 연결고리가 그다지 견고하지 않았다는 사실도 알고 있었다. 돈을 벌고 재물을 축적하는 행위가 그 자체로 가치 있는 것이고 삶의 목적이 될 수 있다는 인식은 전통적인 기독교 윤리와는 거리가 먼 것이었다. 재물을 쌓아두는 행위 그 자체를 죄악이라 생각했던 종교 문화 속에서 자본주의가 등장했다고 믿기 위해서는 큰 발상의 전환을 요구했고, 이를 베버는 잘 알고 있었다. 베버에게 그런 발상의 전환을 체득하여 미국의 자본주의 정신을 구현한 인물이 벤저민 프랭클린Benjamin Franklin이었다.

벤저민 프랭클린의 『부자가 되는 법The Way to Wealth』은 그가 살아 있던 18세기에 이미 국제적인 베스트셀러가 되었다. 그는 지금도 미국의 정신을 대변하는 대표적인 미국인으로 손꼽힌다. 베버는 프랭클린을 청교도 윤리와 자본주의 정신을 묶어낸 인물로 설정하면서 그의 근면 정신과 시간 이해에 주목했다. '하늘은 스스로 돕는 자를 돕는다' 또는 '시간은 금이다'와 같은 프랭클린을 통해 알려진 격언들에 그의 인생철학이 담겨 있다. 부자가 되기 위해서 근면하고 성실하게 살아야 한다는 교훈의 핵심은 그의 시간관이었다. 시간을 낭비하지 말아야 한다. 시간은 언제나 짧다. 시간을 잘 지켜라. 쉬고 싶으면 시간을 잘 써라. 잃어버린 시간은 되찾을 수 없다. 시간을 낭비하는 건 인생을 헛사는 길이다. 프랭클린은 청교도의 후예였지만 교회 생활에 별로 관심이 없었고, 신 중심의 생활보다는 합리적이고 정직하고 근면한 생활을 더 강조했다. 그의 생각은 매사에 신의 뜻을 찾지 않아도 성실하게 일하고 열심히 돈을 버는 행위 그 자체에 도덕성을 부여할 수 있다는 것이었다. 재물이 목적이 될 수는 없었지만, 결과적으로 재물을 모으는 과정에 도덕성을 부여하게 된 것은 큰 발상의 전환이었다 할 수 있다. 프랭클린에게서 종말론을 발견할 수 있다는 사람은 없다. 그러나 그가 보여준 자본주의 정신이 청교도의 윤리의식에서 출발했지만 세속화된 것이라면, 돈과 시간의 관계를 새롭게 이해할 여지가 있을 수도 있다. 즉 시간이 돈이기 때문에 아까운 것이 아니라, 시간이 짧아서 돈이 중요하지 않다는 등식도 성립한다는 것이다. 추론에 불과하지만, 개인의 종말 또는 시대의 종말 앞에서 재물의 있고 없음이 중요하지 않다면 프랭클린에게 자본의 도덕성은 과도기적이거나 마지막 시대의 현상에 불과하다고까지 말할 수 있다. 만약 청교도들이 자본주의의 정신적 기초를 닦았고 또 그들의 삶의 형태가 종말론적인 것이었다면, 청교도들은 자본주의적인 삶 자체를 종말론적인 것으로 보았을 수도 있다. 그렇다면 청교도들은 이미 자본주의 종말론 또는 종말의 자본주의를 예견했다고 말할 수 있다.

전환하는 묵시록

자본주의를 종말론의 차원에서 이해한 두 가지 관점이 있다. 하나는 자본주의가 내적인 모순으로 인한 과잉생산으로 몰락의 길을 갈 수밖에 없고, 그 잔재 위에 공산주의라는 유토피아적인 사회가 건설될 수 있다는 맑스주의의 진단이다. 여기서 종말론은 자본주의가 망해야 천년왕국과 같은 역사의 완성 단계에 이를 수 있다는 역사의 구조를 말한다. 다른 하나는 앞서 언급한 자

묵시록의 현재

본주의가 이 세상을 파멸의 길로 이끌고 있다는 현대 인문학의 진단이다.

맑스주의는 미국에서 큰 위력을 발휘하지 못했다. 따라서 맑스주의자들이 예언한 자본주의의 종말과 사회주의의 미래에 대한 예언은 미국의 문화에 큰 영향을 주지 못했다. 그 이유를 자본주의가 이미 미국의 이념으로 자리 잡았기 때문이라고 흔히 생각하지만, 실제로 그 반대를 생각할 수도 있다. 즉 자본주의가 미국에서 그만큼 용납될 수 있었던 이유는 청교도의 종말론을 통해 자본주의적 행태를 종말의 현상으로 이해했기 때문이라는 것이다. 그리스도가 지배할 천년왕국에 대한 기대 혹은 곧 닥칠 환란과 휴거에 대한 기대에서 자본주의의 탐욕을 마지막 날의 현상으로 이해했기 때문에 그에 대한 제도적 제한을 깊이 생각하지 못했을 수 있다. 미국에서 자본주의가 자유를 실천하는 이념이라는 공식이 성립한 후에는 자본에 대한 규제는 자유에 대한 억압으로 받아들여질 수밖에 없었다. 지금도 자본주의의 '자유'를 다가올 천년왕국의 가치로 이해하는 사람들이 많다. 자본주의에서 다가올 천년왕국의 가치를 발견한 사람들과 자본주의가 세상을 재난과 파괴의 종말로 이끌고 있다고 믿는 사람들 사이에 중립적인 입장은 있을 수 없다.

미국에서 자본주의가 미국의 제도로 자리 잡게 된 배경에는 자본주의가 '자유'를 지향하는 시스템으로 포장되어 홍보 된 역사가 있다. 자유는 원래 종교개혁 이후 청교도들에 의해 기독교의 본질로 그리고 미국 정신의 근거로 뿌리내린 개념이었다. 지금도 자유는 미국을 의미하고 대변하는 개념으로 인정받고 있고, 미국은 곧 자유라는 관념의 등식도 여전히 유효하다. 그 어떤 이데올로기도 자유를 표방하는 개념으로 포장되지 않으면 미국에서 수용될 수 없었다. 비교적 최근까지 미국에서는 자본주의와 민주주의는 분리될 수 없다는 인식이 주류의 시민 정신으로 자리 잡고 있었다. 그 이유는 어느 순간부터 미국의 정신인 개인의 자유가 보장될 수 있는 최고의 정치와 경제의 제도가 바로 민주주의와 자본주의라는 논리로 인식되었기 때문이다. 그런 논리가 미국의 신앙으로 변하게 되기까지 오랜 홍보와 선전의 역사가 있었다. 미국에서 '기업'이라는 영리를 위한 조직이 19세기에는 법적인 사람法人의 권리를 갖게 되고 자유의 주체가 되었으며, 20세기에는 무소불위의 통제되지 않는 권력으로 부각되는 역사였다. 시장의 자유가 그 어떤 자유만큼이나 중요한 자유이고, 시장의 자유를 못 믿는 사람은 자유에 대한 믿음이 부족하기 때문이라는 밀턴 프리드먼Milton Friedman의 신자유주의 논리가 1960년대에 등장하기 이전부터 미국의 자유를 자본의 자유와 일치시키기 위한 노력이 진행되고 있었다. 물론 시장의 자유를 종교적 양

묵시록의 현재

심의 자유로 또 미국의 정신으로 승화시킨 건 신자유주의였다. 여기서 중요한 건 자본주의의 파괴적인 행태가 용인되어온 미국의 역사 저변에 자본의 자유와 기업의 자유를 미국 정신의 일부로 만들기 위한 치열한 노력이 있었다는 사실이다.

묵시록은 탄생과 죽음 사이에서 의미를 추구하는 픽션이나 실존의 갈등이 만들어낸 허구가 아니다. 그런 기능을 하는 것을 인정하지만, 묵시록의 힘은 어떤 실제적인 것보다 더 확실한 예언이라는 믿음에서 나온다. 공상과학이라는 장르가 묵시록의 테마들을 차용했다고 해서 묵시록이 공상과학이 되는 것은 아니다. 묵시록에 대한 신뢰가 남다른 미국 보수 기독교인들은 지구온난화의 현상을 믿지 않는 것으로 유명하다. 종말은 하나님의 섭리속에서 선과 악, 재림과 부활이라는 거대한 드라마에서 이뤄지는 것이고, 자본주의라는 인간 제도의 남용과 같은 하찮은 이유로 일어날 수 없는 사건이라는 것이다. 따라서 온난화의 과학적근거도 믿지 않는 사람들이 미국엔 많다. 얼마 전까지만 해도 과학적 사고를 우선시하던 사람들은 묵시록의 종말론을 추종하던이들을 광신도에 정신적 문제가 있는 것으로 취급했다.

그러나 지금은 인류가 묵시록의 종말을 살고 있다는 사실을 부정하는 사람들이 거의 없다. 한때 묵시록을 의미 없는 세상을의미 있게 만드는 실존적인 픽션으로 이해하는 학문적인 시각도

미국의 묵시록

있었지만, 묵시록은 픽션이 아니라 치열한 역사의 현장이었다. 자본주의 세계화 시대의 묵시록은 급박한 종말의식을 종교적 세계관에서 상식과 과학의 세계관 일부로 만들었다. 냉전 이후에 등장한 자본주의 세계화 시대는 묵시록의 전환이었다고도 할 수 있다. 핵폭탄의 묵시록은 핵무기를 소유한 소수의 국가들에 세상의 운명을 맡기고 두려움에 떨어야 한다는 불공평한 세상의 현실을 반영했지만, 세계화 시대의 환경 재난의 묵시록은 모든 인간을 공범으로 만들어 자본주의 묵시록을 보편화하는 데 성공했다. 이 묵시록은 멸망의 묵시록이고 이 시대 유일한 보편적 담론이다.

묵시록의 신학

미국인이 세상을
이해하는 기준

청교도에 관하여

반석 위에 선 아메리카

내가 교수로 있는 시카고 신학대학이 몇 년 전 지금의 건물로 이사 오기 전까지 한 백년을 사용했던 건물에 특이한 게 하나 있었다. 그것은 일층 내부의 벽에 돌출되어 있는 작은 돌조각이었다. 돌 위엔 플리머스 바위Plymouth Rock의 실제 조각이라는 글귀가 새겨져 있었다. 사람들이 무감각하게 그 옆을 지나다녔지만, 그 의미와 상징은 이루 다 표현하기 힘들 정도로 큰 것이었다. 플리머스 바위란 1620년 청교도Pilgrim들이 배에서 내릴 때 첫발을 디뎠다는 바위다. 바다에서 건져 올린 바위에 불과했지만, 반석 위에 세워진 미국의 정신과 새 하늘과 새 땅의 언약을 상징하는 징표였으니 미국 역사에서 더없이 중요한 유물이다. 어떻게 그 역사적 의미를 지닌 바위 한 조각이 1855년에 설립된 시카고의 한 신학대학 건물 내벽에 부착되었는지 사연이 궁금하지 않을 수 없다. 광야와 같이 무질서하던 19세기 중반 시카고에 신학교를 처음 세우며 플리머스 바위와 같은 반석이 되라는 뜻이 담겨 있는 건 분명한데, 그 바위 조각의 출처를 아는 사람은 없다. 당시 신문을 인터넷에서 찾아보니 플리머스 바위 조각을 신학교에서 소장하게 되었다는 소식은 시카고 언론의 관심을 끌었다. 플리머스 바위가 해안가에 옮겨졌을 때 바위를 깨서 기념품으로 보관해오던 사람들이 있었고, 학교에서 소장하게 된 조각도 그렇게 사적으로 보관된 일부였다는 설명이었다. 하지만 그동안 내가 만나본 사람들 가운데 이를 믿는 사람은 없었고 오히려 황당한 사기극에 휘말린 것이라 믿는 사람도 많았다.

그 바위 조각의 진위보다 더 큰 문제가 있다. 그것은 플리머스 바위라고 하는 미국인들 마음속의 '만세 반석Rock of Ages'이 실제로 있었는가 하는 것이다. 결론만 얘기하자면 그런 바위가 아예 없었다는 게 상식적인 이해이고, 그렇다면 시카고 신학대학의 바위 조각은 '실제적이지 않은 플리머스 바위의 실제적인 조각'이 된다. 영광스런 플리머스 바위 옆을 사람들이 무심코 지나쳤던 이유는 플리머스 바위의 신화, 즉 미국이 신의 섭리에 의해 설립

되었다는 신화를 더는 믿지 않았기 때문이다. 그러나 영광과 섭리의 신화가 미국 역사에서 사라진 건 아니었다. 한때 플리머스 바위가 맡았던 상징적 역할은 19세기 중반 이후 미국이 제국주의적인 성향을 드러내기 시작하면서 국가의 절대적 상징으로 등장한 '성조기'가 건네받았다.

그런데 플리머스 바위에 대한 신화는 어떻게 시작되었을까? 새로운 세상에 대한 사명을 안고 신대륙에 도착한 영국 선민들의 첫 발자국이 남은 바위가 있다는 게 세상에 알려진 것은 그보다 120년이 지난 후, 대각성이라는 부흥운동이 일어나던 때였다. 당시 94세의 연로한 토머스 파운스Thomas Faunce 장로는 의자에 앉은 채로 사람들에게 들려 플리머스 해안가로 향했다. 거기서 그는 미국의 정신과 신앙의 토대를 잊지 말라는 뜻으로 바위가 있는 곳을 알려주었다. 파운스 장로의 증언 외에 플리머스 바위의 진실을 밝혀줄 증거는 없었지만, 그 바위의 존재는 결국 미국의 사명에 대한 믿음이었기 때문에 당시에 별 의심을 사지 않았고 곧 미국의 상징으로 받아들여지게 되었다.

여기서 흥미로운 것은 파운스 장로가 그런 증언을 하게 된 동기다. 유력한 설은 영적인 각성을 요구하는 부흥운동이 감정주의로 치우치고 기존 교회 공동체들과 마찰을 일으키기 시작했을 때, 청교도 교회의 제도와 전통을 고수해야 한다는 생각을 갖고 있었던 그가 어렸을 때 들었던 플리머스 바위에 대한 기억을 되살렸다는 것이다. 그러나 청교도 1세대들은 자신들이 반석 위에 내린 게 아니라 거칠고 마귀들이 들끓는 광야에 착륙한 것으로 이해했다. 파운스 장로의 해석은 청교도들의 역사가 끝나가는 시대, 거친 광야가 개척지로 변하고, 신대륙이 신앙의 실험장이 아니라 미국이라는 국가로 변모해가는 시대에 가능했던 수정주의적인 역사 이해에 속한다. 신대륙으로 이주해온 청교도들에게 아메리카라는 개념은 없었다. 단지 새로운 땅이 있었고, 그 위에 종교개혁을 완성시키고 새로운 에덴동산과 새로운 예루살렘을 만들자는 신화적 상상력과 믿음이 있었을 뿐이다. 그로부터 120년이 지난 후, 아메리카라는 개념은 국가적인 정체성이 필요했고, 광야가 아니라 반석의 신화가 필요했다. 플리머스 바위는 그 상상력의 산물이었다.

호손과 토크빌의 엇갈린 시각

최근에는 청교도들에 대한 긍정적인 평가가 더 흔하지만, 20세기 중반까지 미국에서 청교도들에 대한 시각은 대체로 부정적이었다. 청교도들의 유산은 극복의 대상으로 애써 끌어내리려는 경향도 있었다. 청교도주의는 신정일치를 내세우는 권위와 독선을 연상시켰고, 다른 신앙의 노선을 이단이라 탄압하는 삐뚤어진 정통주의를 떠올리게 했다. 청교도들이 강조한 진노와 심판의 하나님 이해는 역으로 유니테리언Unitarian이라는 삼위일체를 부정하는 교회가 크게 성장하는 동기가 되었고, 에머슨의 미국적인 학문은 청교도들의 인간 이해를 부정하는 데서 출발했다.

미국인들이 청교도들에 대한 부정적 시각을 갖게 되기까지 큰 역할을 한 사람이 있다. 바로 청교도주의를 비판한 소설 『주홍글씨』의 작가 너대니얼 호손Nathaniel Hawthorne이다. 한때 에머슨과 소로와 함께 콩코드에서 살기도 했던 호손의 고향은 매사추세츠주 세일럼salem이라는 동네였다. 청교도 역사의 큰 오점으로 남아 있는 세일럼의 마녀재판이 있었던 바로 그곳이다. 호손은 뒤늦게 그 재판에서 죄 없는 사람들을 요술 부리는 마녀로 낙인찍어 죽음의 형벌을 내렸던 판사가 자신의 조상이었다는 사실을 알게 되었고, 이에 환멸을 느껴 자신의 성까지 Hathorne에서 Hawthorne으로 바꾸었다는 설도 있다. 호손은 『주홍글씨』만이 아니라 다른 여러 작품에서 청교도주의를 신랄하게 비판하면서, 19세기 중반 이후 미국인들이 청교도들을 비판적으로 인식하는 데 크게 기여했다. 20세기 중반 미국에 매카시즘의 바람이 불어 양심의 자유가 위협받을 때, 당대 대표 문인이었던 아서 밀러Arthur Miller는 이를 청교도 마녀재판에 빗댄 희곡「시련The Crucible」을 써서 마치 청교도주의가 매카시즘의 원조였다는 인식을 심어 주기도 했다.

하지만 호손이 살던 시대 청교도들을 전혀 다르게 보았던 사람도 있다. 바로 미국을 여행하고 『미국의 민주주의』라는 고전을 남긴 프랑스인 알렉시 드 토크빌Alexis de Tocqueville이었다. 그에게 청교도들은 종교적 실험을 하러 미국에 온 것이 아니라, 민주주의라는 제도를 실천하기 위해 온 사람들이었다. 토크빌은 교회의 권력만이 아니라 국가의 권력까지도 분산시키고, 민의를 반영할 수 있는 대의정치 제도를 실현한 것은 청교도들의 목적이 부의 축적이 아니라 자유의 실천이었기 때문에 가능했다고 파악했다. 토크빌은 그 자유의 개념, 더 나아가 개인적 자유의 개념까지도 청교도들의 신앙에서 출발한 신학적 근거가 있다고 믿었고, 미국의 역사적 운명이 이미 청교도들에 의해 결정된 것이라는 의미심장한 분석까지 했다. 미국을 잠시 다녀간 사람의 관찰이라고는 믿기 힘들 정도의 통찰력 있는 분석임이 틀림없다. 호손과 토크빌의 차이를 설명하는 건 어렵지 않다. 토크빌은 이미 정착되고 이념화된 미국의 제도를 설명하고자 했고, 호손은 미국적인 삶의 경험을 얘기하고자 했다. 민주주의의 자유가 토크빌의 주제였다면 호손의 주제는 종교의 억압이었다. 그러나 청교도들의 유산에 대한 그들의 평가는 달랐고, 그 엇갈린 평가의 역사는 지금도 계속되고 있다.

청교도와 종말론

큰 의미에서 서구의 근대를 만든 사상은 합리주의가 아니었고 계몽이나 이성의 사상도 아니었다. 미셸 푸코가 비슷한 생각으로 한때 근대 내면의 긴장성을 이성과 광기의 대립으로 표현했지만, 나는 광기보다는 '묵시'라는 개념이 더 큰 함축성을 지닌다고 생각한다. 근대가 자유를 향한 시간의 행진이었다면 그 자유는 모든 구속으로부터 해방된 상태, 종국에는 역사와 시간의 가능성을 끝낼 종말 앞에 열린 상태의 자유까지를 말한다. 또 시간에 의해 구속받지 않는 자유까지 포함한다. 근대의 역사에서 그 자유에 대한 상상을 떠맡은 건 묵시록의 종말론이었다. 청교도들은 그 자유를 종교개혁의 완성과 연결해 생각했다. 자유가 종말론적인 차원을 지닌다면, 종교개혁의 완성은 종말론적 사건이었다. 그들의 신앙 속에서 허용된 종말론적 사건은 적그리스도와의 전쟁, 재림 예수의 심판과 최후의 심판을 전제하는 것이었다. 청교도들은 이런 종말의 사건들을 준비하는 단계로 성서의 예언을 이루어낼 새로운 이상의 도시, 새로운 에덴 또는 새로운 예루살렘을 꿈꾸었다. 그들의 종말사상은 16~17세기 영국의 치열한 정치와 종교적 갈등과 전쟁 속에서 탄생한 종말의 신앙을 이어받은 것이었다. 그 신앙은 이후 미국을 통해 종교적 신념을 넘어 근대적 삶의 자세 또는 세계관으로 포장되어 전해지고 있다.

청교도들의 신앙이나 신학을 생각하면서 종말론을 우선적으로 떠올리는 사람은 많지 않겠으나, 그보다 더 분명하게 그들의 세계관을 설명해주는 개념은 없다. 그들에게 가톨릭교회는 마귀의 세력이었고, 이제 영국의 개신교까지도 마귀의 세력에 함몰되었다는 인식은 절박한 것이었다. 마귀와의 싸움은 예수의 재림과 심판에 앞서 벌어질 필연적인 과정이었다. 세일럼의 마녀재판의 배경에는 요술을 부리는 마녀들의 활동을 종말의 징조로 이해하고, 이에 대한 응징을 재림 전에 있을 묵시적 전쟁의 수순으로 보는 시각도 분명히 있었다. 17세기의 청교도들은 예수 재림의 시기를 예언하는 천년설들을 구분하지 않았다. 천년왕국을 그리스도의 재림 이후 또는 이전으로 나누어 생각하는 전천년설 또는 후천년설은 19세기에 만들어진 개념이었고 무천년설은 그보다도 더 늦은 20세기의 개념이었다. 청교도들이 주로 전천년설을 믿었고, 청교도 역사의 마지막 시대에 살았던 조너선 에드워즈Jonathan Edwards, 1703~1758가 후천년설을 처음 믿기 시작했다는 분석은 후대의 계산적 평가일 뿐이다. 당시에는 환란과 심판과 천년왕국에 대한 믿음이 혼재되어 있었고, 자신들의 생각을 이론적으로 구분하지는 않았다. 청교도들의 종말론적 사명의식은 '부름 받아 나섰다'는 선민사상과 뗄 수 없는 관계에 있다. 그 선민사상은 미국의 역사에서 세상을 이끌고 구해내야 한다는 메시아적 사명으로 드러난다.

코튼 매더Cotton Mather

시카고 북쪽에 매더 고등학교Mather High School라는 공립 고등학교가 있다. 예전엔 그 주변에 한인들이 많이 살았기 때문에 그 학교를 졸업한 사람도 여럿 알고 있었다. 하지만 누구에게 들은 기억도 없는데 나는 오랜 세월 그 매더Mather라는 인물이 17세기 미국의 청교도 목사였던 코튼 매더로 생각하고 있었다. 오래전 그 사실을 아는 사람에게 친절하게 설명까지 해준 기억이 있는 나를 행복한 무지에서 깨워준 건 인터넷이었다. 알고 보니 그 고등학교는 코튼 매더가 아니라 20세기 초에 살았던 그의 먼 후손 스티븐 매더Stephen Mather의 이름을 따서 세운 학교였다. 그나마 같은 집안의 인물이라 아주 틀린 건 아니라는 생각을 위안으로 삼으며 들여다본 두 인물의 이력에는 상당한 차이가 났다.

그의 조상 코튼 매더는 17세기 미국의 가장 중요한 사상가였다.(18세기에 그 역할을 한 사람은 조너선 에드워즈, 19세기엔 랠프 에머슨, 20세기엔 존 듀이John Dewey라 말할 수 있겠다.) 뉴잉글랜드로 불리던 땅에 미국America이라는 정체성을 확립시켰고, 엄숙한 칼뱅주의를 바탕으로 청교도 신앙을 신학으로 정리했으며, 곧 다가올 예수의 재림과 종말의 사건을 중심으로 세상을 이해했던 목사였다. 최근의 역사책에선 세일럼의 마녀재판 때 무고한 여성들을 마녀로 낙인찍어 처형한 사건에 연루된 인물로 알려져 있다. 반면에 스티븐 매더는 조상의 신앙을 물려받지 않고 오히려 청교도 신앙에 저항했던 헨리 소로 쪽에 더 가까웠다. 소로를 직접 만나지는 못했지만 소로의 사상을 환경운동으로 승화시킨 것으로 알려진 유명한 자연주의자 존 뮤어John Muir를 만나 큰 감동을 받고 미국 국립공원의 설립과 보존운동에 헌신했다. 그런 공적과 시카고에서 살았던 이력으로 자신의 이름이 붙은 고등학교까지 생겨난 것이다.

코튼 매더의 후손은 조상의 청교도주의를 버리고 에머슨과 소로의 초월주의를 선택한 것일까? 17세기 청교도주의와 19세기 초월주의의 관계를 대립적으로만 생각했던 과거에는 그렇게 볼 여지가 있었지만, 20세기 후반 학자들의 연구는 청교도주의와 초월주의 그리고 20세기의 실용주의까지 미국을 대표하는 사상들이 중요한 부분에서 연속적인 관계에 있다는 사실을 증명해 왔다. 그 관계의 공통 주제는 개인주의적인 인간 이해, 모든 권력에 대한 회의 의식, 스스로 해야 한다는 자립정신 등이었다. 20세기 중반 미국 청교도 연구에 새로운 전기를 마련한 사람은 역사학자 페리 밀러Perry Miller였다. 그의 대표작 『광야로의 심부름Errand Into the Wilderness』은 출판된 지 60년이 지났지만 아직도 꾸준히 인용되고 있고, 그중에서도 「에드워즈에서 에머슨까지」라는 장은 여러 번 읽을 정도로 내게 의미가 컸다.

앞서 17세기 미국 제일의 사상가라 소개한 코튼 매더의 책에는 유달리 '아메리카'라는 단어가 제목으로 많이 등장한다. 미국의 역사를 신의 섭리로 이해한 『아메리카에서 펼친 그리스도의 위대한 업적Magnalia Christi Americana』이라는 책이 대표적이지만, 『아메리카 성경Biblia Americana』이라는 제목의 성경 주석서나 「신의 도성 아메리카Theopolis Americana」라는 글에서도 잘 드러난다. 미국이라는 땅을 학문의 대상으로, 또 미국을 신의 섭리 속에서 이해하여 역사의 중심으로 등장시킨 건 매더가 처음이었다. 더군다나 아메리카라는 용어를 신대륙을 지칭하는 보편적인 용어로 만들고 아메리카를 담론의 대상으로 창조해낸 사람도 매더였다고 할 수 있다. '아메리칸American'은 당시만 해도 주로 미국의 원주민들

묵시록의 신학

을 지칭하는 용어였으나, 매더는 자신을 '아메리칸'이라 부르기 주저하지 않았다. 그에게 아메리카는 유럽의 종교개혁을 완성시킬 뉴잉글랜드가 아니었고, 그 자체로 의미와 사명이 깃든 용어였다. 그러나 그 의미와 사명을 청교도들이 권력을 차지하게 된 영국의 역사에서는 더 이상 찾을 수 없었다. 매더에게 필요했던 것은 아메리카를 설명해줄 성경의 해석과 인류 역사의 구원사적인 이해였고, 그는 오랜 시간 그 작업에 몰입해 자신의 '미국 사상'을 만들어냈다. 그에게 미국은 성경의 예언이 실현될 예언의 땅이었고, 청교도들은 구원사적인 사명을 안고 미국에 온 선민들이었다. 미국의 종말론적인 이해와 선민사상은 매더가 17세기에 논리적 근거를 제공한 것이지만, 현재까지도 세속화된 상태에서 미국 의식의 중요한 부분으로 남아 있다. 18세기 미국의 독립운동과 국가 건립에서 19세기의 서부 개척론 그리고 미국의 부흥운동에서 최근의 미국 예외주의까지의 역사는 다양한 방식으로 이해되어왔지만 종말론적 선민사상과 같은 뿌리 깊은 개념을 배제하면 그 정신적 연결성을 설명하기 어렵다.

매더는 예수의 재림과 종말의 사건들이 곧 일어날 것이라는 확신이 있었고 이를 증언하는 걸 자신의 역할로 이해했다. 성경의 예언들이 자신의 시대에 이루어질 것으로 믿었고, 마지막 시대의 신학은 종말론일 수밖에 없었으며, 모든 것이 죽어가는 시대에 살고 있다는 절박함을 안고 살았다. 그렇다고 매더가 세상을 등지고 말세만을 외치고 살았던 것은 아니었다. 17세기 미국의 청교도 사회가 지닌 시대적인 한계 속에서 과학과 진보적인 세상을 상상했던 인물이기 때문이다. 만약 청교도들이 미국의 집단무의식 형성에 지대한 영향을 끼쳤다면, 매더만큼 이를 잘 대변해줄 사람도 없을 것이다. 주술적 세계관에 근거한 종말의 상상력과 함께 자연의 과학적 이해를 동시에 추구했던 그의 모습에서 미국 문화의 이중적인 모습의 한 원형을 찾을 수 있기 때문이다.

매더는 미국 청교도들의 종말론에 신학적 논리를 제공해주었을 뿐만 아니라 그 말세의 날에 대한 예언도 잊지 않았다. 두 번이나 번복했지만 나름의 계산을 통해 말세의 해를 예언했다. 근대의 역사에서 미래와 종말의 예언을 한 사람은 흔히 알려진 노스트라다무스만이 아니었다. 17세기 이후 그런 말세에 대한 계산과 예언을 한 사람들의 이름만큼 과학과 주술과 역사와 예언의 구분이 근대 초기에 명확하지 않았다는 사실을 증명해주는 건 없다. 뉴턴은 계산을 통해 종말의 해를 2060년이라고 내다봤으니 아직도 유효하다. 세상이 종말을 향해 달리고 있고, 예수의 재림과 함께 하나님 나라의 왕국이 도래할 것이며, 마지막 날 최후의 심판이 있으리라는 믿음은 신학적 해석을 떠나 기독교 역

묵시록의 신학

사의 본질에 속한다.

종말의 사건이나 그 징조는 서구 역사의 공통된 관심사였다. 그때가 언제인지를 파악하고자 성경을 찾았고 자연을 연구했다. 그에 대한 예언은 신과의 교감만을 의지한 것이 아니라, 당대 학문이 제공하는 상상력에 기초한 계산과 판단의 산물인 경우가 많았다. 산술적 계산이나 천문학의 관찰에 의거한 판단도 많았고, 최근에는 종교와는 상관없이 환경과학이나 우주생성론을 근거로 세속적이고 습관적인 종말의 진단을 하는 예도 있다. 몇 년 전 통계에 의하면 미국 기독교인들 중 41퍼센트는 예수의 재림이 2050년 이전에 있을 거라 믿는다고 한다. 복음주의 계통의 기독교인들만을 보면 그 비율이 58퍼센트로 훨씬 늘어난다. 19세기에 들어서면서 유럽에서는 종말의 예언이 뜸해졌지만 미국에서는 황금기를 맞는다. 예수의 재림, 종말 사건들의 시작, 휴거 등의 예언은 모르몬교, 여호와의 증인, 제7안식일 예수재림교 그리고 전천년주의를 따르던 개신교회들을 하나로 묶는 매개체였다.

『천로역정』과 한국의 기독교

한국의 기독교를 미국 청교도들의 신앙과 연결해서 미국에 처음 소개한 사람은 아서 브라운Arthur Judson Brown, 1856~1963 목사였다. 그는 20세기 초반 미국의 해외선교 정책에 큰 영향을 미쳤고, 초기 에큐메니컬 운동에도 관여했던 인물로 당시로서는 진보적인 선교 정책을 주장했던 목사였다. 선교지의 교회들이 선교사들의 지배에서 벗어나 독립적이고 자치적인 교회가 되어야 한다는 주장을 폈고, 서구 중심의 우월의식에서 벗어난 선교 정책을 지지했다. 그는 급격한 교회 성장으로 주목받던 한국의 선교 현장을 돌아보고 동아시아의 정세와 한국의 선교 상황을 다룬 책『극동의 지배The Mastery of the Far East』를 1919년에 출간했다. 한국의 미국 선교사들이 청교도적인 성향을 지녔고 한국의 교인들이 이를 따르고 있다는 그의 유명한 분석이 그 책에 나온다.

브라운은 구체적으로 미국 선교사들이 오래전 청교도들이 그랬던 것처럼 안식일을 지키고, 춤이나 담배 또는 카드놀이를 죄악시하고, 그리스도 재림에 대한 전천년주의적인 믿음을 진리라 여겼으며, 고등비평과 자유주의 신학을 위험한 이단이라 간주했다고 지적했다. 이 내용은 이후 한국 개신교의 특성을 설명하는 글에서 자주 인용이 되었다. 한국 교회 신앙의 뿌리를 청교도들의 신앙에서 찾아야 하고, 그 신앙을 본받고 회복해야 한다는 식의 언급이다. 하지만 미국의 역사에서 청교도들에 대한 평가는 일방적이거나 단순하지 않았다. 그들에 대한 극적으로 대립하는 평가는 아직도 존재한다. 청교도적이라 했던 미국 선교사들과 한국 교회에 대한 브라운의 평가도 앞서 언급한 내용만으로는 충분히 이해되지 않는다.

브라운의 책에서 '청교도'라는 낱말은 한 번밖에 등장하지 않는다. 미국 선교사들의 성향을 설명하는 용도로 쓰였을 뿐, 이에 더 큰 의미를 부여하지는 않았다. 그리고 자신이 청교도적인 신앙을 갖고 있던 미국 선교사들에 대해 어떻게 생각했는지도 명확하게 드러나지 않는다. 미국의 청교도들에 대한 그의 생각도 마찬가지로 잘 드러나지 않는다. 그러나 그 책의 전체 맥락을 살펴보면 그의 생각을 어렵지 않게 파악할 수 있다. 브라운은 일본 교회와 비교해 선교사들의 신앙을 순종적으로 받아들인 한국 교회에 대해 매우 비판적이었다. 그의 책은 동아시아 지역에서 일본의 패권을 인정해야 한다는 기본 전제가 있었고 일본의 기독교에 대해서도 편향된 태도를 보이고 있었지만, 한국 교회에 대한 그의 진단은 지금 읽어도 매우 진지하고 구체적이다.

그는 한국 교회가 왜 자율적이지 못한지 물었고, 어떻게 당시의 선교 이론으로는 설명되지 않는 기록적 성장을 할 수 있었는지 물었다. 그가 한국에서의 선교를 중국이나 일본과 비교하면서 내세운 이유는 그다지 한국의 교인들에게 호의적인 것은 아니었다. 브라운에게 분명했던 것은 여러 가지 이유로 한국인들의 마음속엔 선교사들이 전하는 복음의 씨앗을 받아들일 기름진 토양이 마련되어 있었다는 사실이다. 브라운은 이것을 청교도 시대의 정서를 떠올리는 표현을 써가며 비유했다. 한국은 농부의 손길을 기다리는 미국 서부의 초원과 같았고, 반면에 중국은 뉴잉글랜드 해안의 바위 숲에 비유했다. 한국의 교회는 준비된 심성으로 복음을 받아들여 세계 어느 곳보다 기도와 성경 공부 그리고 주일성수와 전도에 대한 열정이 높은 교회가 되었지만, 그가 보기에 부정적인 면도 없지 않았다. 교리적 경직성이 문제였고, 신학적 입장은 달라도 복음에 대한 열정은 같을 수 있다는 사실을 인정하지 못하는 것도 문제였다. 브라운은 그 이유를 한국 교회가 선교사들의 청교도적인 신앙을 재생산해냈기 때문이라고 믿었다. 그 결과 한국의 기독교는 죽음 이후의 세상에만 관심이 있을 뿐, 복음을 사회 변화에 적용하지 못했다고 보았다. 또 타락한 이 세상을 이 '세대'에서 구원할 수 없으므로, 교회는 몰락할 세상을 증언하고 선택받은 교인들을 모아 예수의 재림을 준비해야 한다고 믿고 있었다는 것이다. 브라운은 한국에 온 선교사들이 교육과 질병 치유 등 사회 구제를 위한 노력도 했지만, 큰 맥락에서 볼 때 개인 중심적이고 종말론적인 신앙이 있다고 진단을 내렸다.

브라운이 청교도적인 신앙에 대해 비판적이었다면, 그 입장은

20세기 초반 미국 사회의 일반적인 분위기와 크게 다르지 않았다. 실제로 '청교도적Puritanical'이라는 표현은 지금도 긍정적인 표현으로 쓰이지 않는다. 청교도 신앙을 '재생산'한 당시의 한국 교회가 종말론에 치우쳐 있다는 그의 진단은 지금 들어도 큰 무리가 없어 보인다. 브라운은 한국 교회의 그런 신앙을 『천로역정』과 비교해 설명했다. 하지만 망해가는 이 세상을 버리고 천국의 도시를 찾아 나서는 고행의 길을 우화로 그려낸 『천로역정』을 한국 교회가 사실적인 묘사로 받아들이는 경향이 있지 않은지 우려했다. 브라운은 존 번연의 『천로역정』이 게일 선교사에 의해 한글로 번역되었고, 선교에 큰 도움을 주었음을 잘 알고 있었을 것이다. 그리고 그 책은 이미 오래전부터 해외선교의 동반자로 자리매김했다는 사실도 파악하고 있었다. 실제로 미국의 해외 선교지에선 『천로역정』이 성경 다음으로 번역되어야 할 책으로 널리 알려져 있었다. 브라운이 『천로역정』을 한국 교회와 연결해 그만 한 언급이라도 한 것은, 그가 그 책의 청교도적이고 종말론적인 배경에 대해서도 알고 있었기 때문이라 생각된다.

번연은 영국의 청교도였고 『천로역정』은 청교도주의의 천년주의 사상에 기초해 쓰인 책이었다. 번연의 천년주의와 종말론 사상은 그의 다른 저작 『적그리스도』나 『거룩한 전쟁』에서 더 분명하게 드러나지만 『천로역정』만으로도 충분히 이해를 얻을 수 있다. 서양 근대의 역사에서 성경을 제외하고 가장 강력한 영향력을 행사했던 책이 바로 『천로역정』이었다. 문체는 단순하고 철학적인 논리는 빈약할지 몰라도 세상에 끼친 영향은 셰익스피어의 문학이나 홉스의 정치학보다도 컸다. 이런 대조가 가능한 이유는 『천로역정』이 뛰어난 문학작품이었을 뿐만 아니라 정치적이라고 할 만한 세상에 대한 의도성도 지니고 있었기 때문이다. 『천로역정』의 도덕적이고 신학적인 영향력은 20세기에 와서 사라졌다. 최근엔 꿈과 우화와 풍자를 가르치는 영문학의 교재로, 때로는 문학 연구논문의 텍스트로만 남아 있을 뿐이다. 그러나 성경을 제외하고 서구 역사에서 그 책만큼 오랜 기간 독자들의 공감을 자아내고 도덕의식과 종교의식을 형성한 작품은 없었다. 20세기 초반 서구에서 영향력을 잃어가던 『천로역정』이 한글로 번역되어 새로운 땅에서 종말론적 개종과 회개를 이끌어내는 역할을 했다는 점에서 아이러니를 느낀다.

한국 기독교에서 『천로역정』을 읽고 그 감동으로 회심과 개종을 하게 된 사람으로 흔히 길선주 목사를 떠올리게 된다. 만약 그게 사실이라면 궁금해진다. 동양의 종교와 사상에 뛰어난 학식을 갖췄다는 학자가 『천로역정』을 읽고 무엇을 느꼈을까? 어찌 보면 삽화가 실린 그림책에 불과했던 책 한 권을 읽고 기독교의 어떤 진리를 만나게 되었을까? 『천로역정』과 같은 기독교 고전의 영향력은 이미 증명된 것이지만, 그 책의 내용이 종말론적 세상 인식이라는 독특한 신학을 배경으로 삼고 있다는 점만은 지적해야 한다. 17세기 미국의 청교도들은 그 책에서 자신들의 이야기를 읽었고, 바로 그들 자신이 망해가는 세상을 버리고 고난 속에 천국의 도시를 향해 나아가는 주인공 크리스천이라 생각했다. 몰락하는 유럽을 떠나 새로운 예루살렘을 신대륙에서 건설해 역사를 완성하자는 종말론의 관점에서 그 책을 이해했다. 크리스천이 거칠고 황량한 세상을 지나 도달하는 낙원을 청교도들은 천년왕국으로 이해했다.

이 책의 특징은 구원을 세례나 회심과 연결시켜 이해하지 않고, 끝없는 광야에서 한 걸음씩 앞으로 나아가는 순례의 과정으로 이해했다는 것이다. 낙원이라는 미래의 목적이 설정되어 있지만, 신앙의 삶은 광야에서의 순례였다. 모든 순례는 거친 길 위를 한 걸음씩 걸어 나가는 그 자체에서 의미를 찾는다. (잭 케루악이 완성한) '길 위에서'라는 미국적인 모티브는 이미 『천로역정』에서 완성된 것인지도 모른다. 청교도들은 광야에서 예루살렘을 꿈꾸었지만, 광야에서의 삶이 갖는 순례의 영성을 부인하지 않았다.

참고문헌

아서 브라운의 『극동의 지배』는 인터넷에서 원문을 쉽게 찾을 수 있다. 이 글에서 참고한 부분은 한국 기독교를 다룬 32장과 33장이다. 토크빌의 『미국의 민주주의』에서 참고한 부분은 주로 1권 3장에서 청교도들을 다룬 부분이다. 플리머스 바위의 발견에 관한 파운스 장로의 일화는 잘 알려져 있는 것이지만, 이에 관한 깊이 있는 논의는 그 바위의 역사적 상징성을 다룬 존 시일리John Seelye의 저작 『기억의 국가Memory's Nation: The Place of Plymouth Rock』, 특히 3장에서 찾을 수 있다.

묵시록의 신학

미국의 세대주의 신학

보수적 기독교인의 공통분모

미국을 이해하기 힘든 이유 중 하나는 미국의 정서에 작용하는 분열증 같은 게 있기 때문이다. 서구의 어느 나라보다 빠르게 진보와 실용과 기술을 앞세워 나라를 발전시켰지만 아직도 가장 종교적이고 보수적인 나라로 남아 있다. 가장 먼저 종교제도에 구애받지 않는 세속정치를 상상했지만, 그곳에 남은 것은 정치화된 종교와 종교화된 정치다. 종교의 정치가 뜻을 이루지 못하는 상황에서 등장한 억지가 도널드 트럼프의 현상이라 할 수 있다. 이를 분열증으로 표현하는 이유는 그 갈등이 우리가 흔히 아는 과거에 집착하는 종교의 보수성과 실용적인 가치를 앞세우는 정치의 대립이 아니기 때문이다. 오히려 미국의 지배적인 종교 성향은 실용을 앞세우는 정치와 마찬가지로 미래 지향적이다. 청교도들의 시대 이후 미국은 미래, 아니 하나님의 미래를 준비하는 나라라는 자의식을 갖게 되었고, 그 내용을 이 책에서는 묵시록이라 부르고 있다. 과거의 진리보다 미래의 예언에 의해 움직이는 정서적 성향은 미국의 정신을 특징짓는 요소다. 이를 증명하는 예는 청교도 신학과 독립의 선언, 서부 개척 시대의 논리 등에서 찾을 수 있고 최근에는 9·11 이후 미국의 사명을 재천명하는 과정에서도 볼 수 있다.

묵시록의 신학은 미국의 사명과 이를 정당화하는 논리를 찾는 역사의 원동력이었다. 미국 정서의 분열은 미국의 정치와 종교, 더 나아가 철학과 신학이 서로를 멀리할 수 없는 밀접한 관계를 맺고 있다는 점에서 한 원인을 찾을 수 있다. 미국에서의 종교와 정치사상은 원래 과거와의 단절을 덕목으로 인식해왔다. 과거에 얽매이는 종교는 유럽으로 충분했고, 미국은 유럽과 세상의 미래가 되어야 하고 신학은 이를 예시해야 했다. 신학적으로 이 문제는 예언의 문제였고 구체적으로 천년왕국의 문제였다. 희랍시대 이후 서구 사상의 본질이 있다면 그것은 중세의 신론도 근대의 인식론도 아닌 고대의 종말론이었다. 이것은 신학의 끝이 아니라 출발점이었다. 미국이 주도하는 세상에서 최근의 서구 사상이 종

117

—
묵시록의 신학

말론을 되찾은 것은 막장으로 치닫는 정치에 대한 환멸이었는지 아니면 우연이었는지도 모르겠지만 종말론적인 사유가 미국의 역사에서 배양되고 있었다는 사실만은 부인할 수 없다.

그 사유는 언제나 종말의 시제가 미래형이 아니라 현재진행형이라는 인식으로 시작한다. 천년왕국으로 환원되는 종말론은 유토피아의 희망적인 미래를 추구한다는 의미에서 긍정적인 면이 없지 않았지만, 그 미래는 환란과 전쟁과 심판을 수반하는 것으로 떨림과 두려움의 대상이기도 했다. 예수의 재림과 천년왕국의 전후 관계를 따져 구분되는 전천년설과 후천년설 또는 무천년설 등의 용어들은 19세기 미국 기독교를 통해 역사를 신학적으로 이해하는 방법으로도 발전했다. 특히 전천년설은 신학의 범위를 넘어 19세기 후반 이후 미국에서 통용되어온 세상과 인간에 대한 그 어떤 이론보다 더 크고 실제적인 영향력이 있었다. 예수의 재림과 돌아온 구세주가 드러내는 세상의 구조와 역사의 논리는 미국 묵시록의 원형이었고, 묵시록과 그 상상력은 미국 사상의 무의식을 형성했다. 19세기 말 한국에 전파된 미국의 기독교는 세상의 끝을 준비하자는 선교의 정신으로 무장한 것이었고, 그 신학적 토대는 묵시록의 종말론이었다. 묵시록은 20세기 미국의 근본주의 그리고 복음주의 신앙의 신학적인 뿌리였고, 20세기 미국 대중문화와 문화산업의 중요한 모티브로 작용해왔다. 예수의 재림이 임박했다고 믿는 사람들이 세계에서 미국에 가장 많다는 사실은 그 결과일 수도 있고 아니면 그 원인인지도 모른다.

이런 묵시록의 신앙은 현대 미국의 보수적인 기독교인들에게 몇 가지 이해하기 힘든 공통점을 갖게 했다. 이스라엘을 거의 무조건적으로 지지하고, 의료보험과 같은 빈곤층에 더 많은 혜택이 돌아가는 국가제도를 반대하고, 총기 규제를 반대하며, 거대한 부를 축적한 자본가들을 옹호하고 숭배하다시피 한다는 것이다. 또 최근에는 지구온난화를 부정하며 자본주의 체제 속에서 생태계가 피폐해지고 있다는 사실을 인정하지 않고 있다. 보수적인 미국인들의 이런 비상식적인 신념들은 그들의 기독교 신앙과 관련이 없어 보이지만 종말론적인 세계관에서 출발한 것들이다. 이 책의 다른 부분에서 다루는 것들이지만 이스라엘은 세상의 마지막 날에도 존속되어야 한다는 성서적 배경이 있는 이해를 비롯하여 국가 권력이 비대해지면 적그리스도의 행태를 보이기 때문에 국가는 작은 정부를 지향해야 하고, 신앙의 자유까지 침해할 수 있는 국가의 권력을 견제하기 위해 개인의 총기소유가 허용되어야 하고, 신의 권한과 계획 속에서 이뤄질 세상의 몰락이 인간의 소비성향에 의해 좌우될 수 없다는 세계관에 근거한 신념들이다. 이런 해석으로도 쉽게 이해가 되지 않는 건 자본과 자본주의 친화적인 미국 보수주의의 성향이다. 이와 관련해 내가 늘 기억하는 미국 TV 드라마의 재미있는 장면이 있다.

1970년대 미국에서 가장 인기 있고 사회적 파장이 컸던 〈올인 더 패밀리All In The Family〉라는 TV 시트콤의 주인공 아치 벙커Archie Bunker가 바로 그런 보수주의자였다. 뉴욕의 부둣가 하역장에서 작업반장으로 일하던 벙커는 개신교 백인 외에는 모든 인종을 싫어하고, 당시 인기가 없던 닉슨 대통령을 무조건 지지하며, 진보적인 입장을 취했던 딸과 사위에 대항해 억지 주장을 펼치면서 언제나 큰 웃음을 자아냈다. 왜 자신도 가난하게 살면서 부자들에게 세금 부담을 더 지우는 걸 반대하냐고 사위가 물었을 때, 그가 한 대답은 아직도 미국에서 흔히 들을 수 있는 말이다. 부자라서 세금을 더 많이 내야 한다면 부자가 되고 싶은 자신의 의지도 꺾는다는 것이다. 가난한 내가 이웃에 사는 부자와 크게 다르지 않고, 노력만 하면 나도 부자가 될 수 있다는 인식이 보편적으로 자리 잡기까지 미국의 자본주의가 벌여온 자본 친화적인 의식 개조 작업이 있었지만 이를 여기서 따로 설명할 필요는 없다. 다만 자본주의가 곧 민주주의이고 민주주의는 자유를 뜻하고 자유는 곧 미국이라는 생각이 바로 자본주의가 미국을 지켜줄 제도로 이해하게 만든다. 총은 자유를 지키기 위해 필요하고 자유는 자본주의로 보장되기 때문에 자본주의는 바로 미국이라는 등식이 성립된다. 이 등식은 개인의 이익 추구라는 자본주의의 성향과는 관계가 없는 종교적인 이념의 차원으로 이해될 수밖에 없고, 미국에서 그 이해는 종말론적인 세계관, 구체적으론 전천년설Premillennialism에 의거한 역사의식을 배제하곤 설명되지 않는다.

19세기 미국 기독교 사상의 변화

전천년설을 다루기 전에 19세기 초반 미국의 상황으로 잠시 돌아가보자. 그 시대 미국은 이전 역사에서 보기 힘든 다양한 기독교 교리의 해석과 새로운 종교운동과 실험의 공간이었다. 그에 앞서 미국은 독립전쟁에서 이기고 독립국가로 발돋움하는 과정에서 영토 확장을 위해 서부로 눈을 돌렸다. 대서양에서 태평양까지의 모든 땅이 미국에 주어진 운명이자 권리라는 주장이 등장했고, 원주민들을 몰아내고 서부로 이주하는 행위를 개척의 정신 또는 미국 정신의 실천으로 보는 시각이 퍼졌다. 원주민들에게는 성스러운 조상의 땅이었지만 개척자들에겐 문명의 손길을 기다리는 황무지에 불과했다. 하지만 서부로 진출할수록 기존 교회나 교단의 영향력은 미치지 못했다. 교리를 지키는 교회가 없다는 것은 교리의 통제력도 상실된다는 것을 의미한다.

그러나 19세기 초반 미국의 영토가 본격적으로 확장되면서 교회나 국가제도의 힘이 덜 미쳤던 지역에서 영적인 바람이 불기 시작했다. 이것은 교리나 교회를 넘어선 성령운동이었고, 이 운동은 믿는 이들에게 영적인 거듭남을 요구하는 성령 중심의 기독교를 등장시켰다. 영적인 부흥Spiritual Revival이라는 개념이 등장했고, 이를 도모하는 부흥집회가 열리기 시작했다. 무엇으로부터 영혼을 부흥시킨다는 말일까? 황무지의 광활한 공간에서 부는 성령의 바람을 체험한 사람들에게 종교적 교리와 의식은 낡은 관습에 불과했다. 텐트 부흥회는 구원이 세례가 아니라 성령을 통한 중생重生의 체험만으로 확신될 수 있다고 강조했다. 구원은 언제나 마지막 날의 문제였고 성령의 바람은 그 징표였다. 부흥집회는 마지막 날 중생과 구원을 위한 최후의 결단을 요구했다.

성령을 통해 새롭게 태어나야 한다는 부흥운동이 일어나던 19세기 초반의 미국은 광야의 황무지에서 나를 지켜줄 사람은 나밖에 없다는 극단적 개인주의가 등장하던 시기이기도 했다. 19세기 후반 세계복음화의 열풍이 불었던 시기는 미국이 제국으로 발돋움하던 시기였다. 온 세상의 복음화가 드디어 가능하다는 믿음에는 제국주의 체제가 이를 가능케 한다는 암묵적 믿음이 깔려 있었다. 이제 미국이 나서서 세상을 무지와 낡은 역사에서 구원하겠다는 제국주의적 발상과 믿지 않는 세상을 그리스도와 문명의 빛으로 구원하겠다는 발상은 비슷한 세계관에서 출발했다. 미국이 세상을 구해야 한다는 인식은 미국 역사의 보편적인 잠재의식이라 할 수 있고, 세상이 곧 심판의 날을 맞는다는 종말론은 청교도 시대에서부터 그 뿌리를 찾을 수 있다. 하지만 19세기 말 미국의 세계복음화운동은 예수 재림과 천년왕국 사상으로 무장한 묵시록에 그 특징적 요소가 있다.

영적인 운동에서 종말에 관한 새로운 예언이 빠질 수 없다. 신의 새로운 예언을 받았다는 모르몬교가 등장했고, 모르몬교도들은 성경의 에덴동산이 미국에 있었다는 증언까지 하면서 새로운 낙원을 꿈꾸었다. 예언에 의거한 종말의 공동체들도 생겨나기 시작했다. 19세기 중반 윌리엄 밀러William Miller는 예수 재림의 연도를 선언하고 마지막 날을 기다리는 사람들을 모아 종말운동을 펼쳤다. 뉴욕의 오나이다Oneida 공동체는 마지막 시대에 결혼과 가족이라는 울타리에 구속받지 않는 자유로운 성관계를 허용하는 파격적인 운동을 펼치기도 했다. 여호와의 증인과 안식일교회와 같은 환란과 아마겟돈의 예수 재림설을 주장하는 종교 공동체들도 등장했다. 전통적인 교리나 이를 수호하는 교회가 배제되고, 성령의 바람이 이끄는 부흥운동이 가져온 또 다른 변화는 여성들이 종교 지도자로 등장하기 시작한 일이다. 교리적 학습이 아니라 영적인 능력만이 기준이 되었을 때, 셰이커스Shakers와 안식일Adventist과 크리스천 사이언스 등의 공동체에서 여성 지도자들이 등장해 공동체를 이끌었다는 사실은 주목할 만한 일이다.

이와 같은 19세기 미국의 종교 현상들에 대해 이런 평가를 할수 있다. 곧 개척지라는 상상 속의 빈 공간에서 미국인들은 성령을 만났고, 성령은 억압적인 교리로부터의 자유를 상징했으며, 그 자유는 종말론이라는 교리의 종결자를 통해 완성된다는 것이다. 19세기 미국의 부흥운동은 세상의 마지막을 예비하고자 했던 청교도들의 종말론적 사명을 물려받았지만 거기엔 중요한 신학적 차이가 있다. 청교도들은 그 사명이 전적으로 하나님의 주권하에 이루어질 것으로 믿었다면, 부흥운동의 지도자들은 인간이 그 일을 적극적으로 도울 수 있다고 믿었다. 인간이 스스로를 돕는 선택과 결단과 회심이 가능하다고 믿었던 이들에게 하나님의 주권에만 초점을 둔 청교도들의 칼뱅주의는 신학적 소설에 불과했다. 19세기 초반 부흥운동의 신학적 기반을 닦은 찰스 피니 Charles Finney 같은 이들은 청교도들과는 전혀 다른 신학과 인간 이해를 갖고 있었지만, 미국의 종말론적 사명에 대해서는 오히려 더 강력한 입장을 견지했다. 인간의 의지에 대한 긍정적인 이해, 회심의 결단 이후 완벽한 성화의 길을 갈 수 있고, 세상을 선하게 변화시켜 종말을 준비할 수 있다는 후천년설을 받아들였다.

하지만 미국 개신교의 지형을 바꾸고 세계복음화의 신학으

미국의 묵시록

로 등장한 것은 영국의 존 달비John Nelson Darby가 체계화하고 19세기 후반 미국에서 꽃을 피운 세대주의 전천년설Dispensational Premillennialism이라 불리는 신학으로 후천년설과 상반된 재림설이었다. 세대주의는 창조 이래 역사를 구약, 신약, 교회, 성령, 재림 등 시대별로 나누고 각 시대마다 하나님의 은혜가 다르게 작용한다는 신학이다. 세대주의 전천년설이란 이런 전천년설에 기초한 세대주의 신학을 말한다. 당시 미국의 대표적인 신학자 찰스 핫지Charles Hodge나 그 후 보수 장로교 신학을 대변했던 존 메이첸John Gresham Machen 같은 이들도 비성서적이고 위험한 면이 있는 신학이라고 했을 정도로 비판도 많았지만, 세대주의 전천년설은 미국 개신교의 종말론적 정서를 밑바닥에서부터 재정비하면서 묵시록이라는 장르를 미국 문화의 필수적인 부분으로 만들었다. 이 묵시록을 미국의 신학으로 완성시킨 사람은 스코필드Cyrus Scofield 목사였다. 그가 편집하고 해석을 단 관주성경Scofield Reference Bible은 세대주의 신학을 20세기 세계 선교의 현장에 전파하는 데 공헌했을 뿐만 아니라, 아직도 시판 중에 있는 미국에서 가장 많이 팔린 성경책이다.

달비의 세대주의 전천년설이 보급될 당시 미국의 개신교인들에게 예수의 재림과 세상의 종말에 대한 예언은 새로운 이론이 아니었다. 그러나 기계에 의존하는 산업화 시대가 만드는 갈등과 신의 창조 질서를 무의미하게 만드는 다원주의와 성경의 비평론은 세상이 진보하는 게 아니라 오히려 악의 세력에 의해 지배받고 있으며 망해가고 있다는 증거로 인식되었고 예수의 재림만이 세상을 바꿀 수 있는 희망이라고 믿는 사람들이 늘어나게 했다. 달비는 믿는 사람들이 재림 전에 세상의 환란을 피해 공중으로 사라진다는 휴거설과 함께 적그리스도와 싸우는 최후의 전쟁과 환란과 심판의 날 그리고 그리스도가 통치하는 세상의 청사진을 제시했다. 종말론의 정서가 깊은 미국에서도 이제까지 보지 못했던 정치에서 종교, 문학에서 문화까지 아우르는 묵시록의 상상력을 제공한 것이었다. 전천년설을 따르는 사람들은 이제 세계사의 무대에 등장할 적그리스도를 경계하며 지켜봐야 했고, 모든 전쟁은 아마겟돈의 관점에서 지켜봐야 했다. 비대해진 국가권력은 악한 일을 꾀할 세력으로 견제해야 했고, 이스라엘은 예수의 재림이 올 때까지 존재해야 했다. 전천년설에 의해 설득된 미국의 교인들은 이런 마지막 날의 사명을 한 명이라도 더 구원의 길로 인도하는 것이라 믿었다. 19세기 후반 수많은 미국의 젊은이들은 세계 선교에 뛰어들었고, 한국에 미국의 개신교가 들어온 배경에는 이런 재림과 종말의 묵시록이 있었다.

세대주의 전천년설의 과거와 현재

한국에 온 1세대 선교사들은 거의 예외 없이 드와이트 무디 Dwight Moody의 영향을 받았고 전천년설을 믿었다. 무디가 주도한 세계 선교운동은 이전 피니가 주도했던 후천년설에 의거한 부흥운동과는 달리, 세상의 복음화가 단기간에 끝나야 한다는 급박한 종말론에 바탕을 둔 것이었다. 당시 무디가 활동하던 시카고에 초기 한국 선교에 큰 공헌을 한 선교사들을 많이 배출한 맥코믹 신학교가 있었다. 19세기 후반 맥코믹은 장로교 신학교였지만, 무디의 영향을 받고 전천년설과 부흥운동에 심취해 해외 선교에 뛰어든 학생들이 많았다. 미국 교회사에서 무디와 맥코믹 신학교의 관계를 특별히 여기지는 않지만 한국의 초기 개신교 역사에선 매우 중요한 신학적 연결고리가 된다. 무디의 영향을 받는 선교사들은 세대주의 전천년설을 소개하는 데 앞장섰다. 스코필드의 관주성경은 한국에서 언더우드와 게일 선교사에 의해 번역되었다. 맥코믹 출신 소안론William Swallen 선교사는 스코필드가 제작한 세대주의 역사 이해를 정리한 도표 〈진리의 말씀을 바르게 구분하는 방법Rightly dividing the word of truth〉을 한글로 번역했고, 길선주 목사는 이를 변형시켜 〈말세도〉라는 이름으로 그의 부흥회에서 종말을 설명하는 자료로 삼았다. 소안론은 또 대표적인 전천년설의 이론가 토리R. A. Torrey의 『성경이 가르치는 것 What the Bible Teaches』을 한국어로 번역하기도 했다. 한국을 방문한 적이 있는 피어선Arthur Pierson 선교사는 다수의 저작으로 세계 선교의 정당성을 주장했고, 무디와 함께 19세기 부흥운동의 묵시록적인 전환을 이끌어냈다. 그가 사망한 후 한국의 미국 선교사들은 힘을 합쳐 '피어선기념성서학원'을 한국에 세워 그의 정신을 따르고자 했다.

맥코믹 출신 선교사들은 평양신학교의 교육을 맡으면서 전천년설의 신학을 가르쳤다. 초대 학장이 된 마포삼열을 필두로 소안론, 방위량William Newton Blair, 이길함Graham Lee 선교사 등은 모두 전천년설을 신봉했던 맥코믹 신학교 출신이었고, 이들이 1907년 평양대부흥운동의 현장에 있었던 것은 우연이라 할 수 없다. 언젠가 맥코믹 신학교 출신으로 한국에서 활동한 선교사들의 출신 지역을 살펴본 적이 있다. 대부분 시카고에서 멀지 않은 지역에서 태어난 사람들이었다. 19세기 중반까지 미국의 서부로 불리던 그 지역에서 새롭게 부는 성령운동에 감화되어 회심하고, 마지막 날 최후의 순간까지 영혼을 구한다는 심정으로 선교에 임한 사람들이었다. 그들의 전천년설 신학이 지금은 정당한 비판을 받고 있어도, 그 어떤 자유주의 계열의 신학보다 영향력이 컸던 미국적인 신학이었고 아직도 미국의 정신문화에 그 흔적이

짙게 남아 있다는 사실은 부인할 수 없다.

세대주의 전천년설은 20세기 미국의 근본주의 신앙으로 이어졌고 현재 미국 개신교의 주류라 할 수 있는 복음주의 신앙의 한 뿌리를 형성했다. 미국 묵시록의 20세기 판이라 불릴 수 있는 이 신학의 대중성은 1970년 할 린지Hal Lindsey의 책 『위대한 지구의 명복을 빌다The Late Great Planet Earth』를 통해서 드러났다. 수천만 권이 팔린 그 책은 휴거와 환란과 적그리스도와 아마겟돈의 예언이 곧 이루어질 것이라고 경고했으며, 냉전 시대에 걸맞게 이스라엘과 소련은 마지막 날 예언의 중심에 있었다. 이 책의 놀랄 만한 판매부수는 새로운 종말론에 목말라하는 미국인들의 정서를 반영하는 것이었다. 최근 인터넷 유튜브를 통해 린지가 아직도 마지막 날의 예언을 쏟아내고 있는 것을 보았다. 린지의 뒤를 이어 1990년대부터 출간되기 시작한 '남겨짐Left behind'이라는 책 시리즈도 휴거와 환란을 주제로 삼아 경이로운 출판 기록을 세웠다. 전천년 종말론의 시대적 배경은 냉전이라는 정치체제였고, 그 시대 미국에서 가장 유명한 목사는 전천년설을 믿었고 19세기 부흥운동의 깃발을 20세기 중반에 이어받았던 빌리 그레이엄Billy Graham 목사였다.

묵시록의 신학

가장 미국적인 신학

세대주의 신학만큼 미국적인 신학은 없다. 산업화와 진화론이 의미하는 실용과 기술에 맞서 전근대적인 억지를 부리는 보수주의가 아니었다. 오히려 천년주의 사상을 근대적이고 기술적인 방식으로 해석해낸 것이라 할 수 있다. 구체적으로 세대주의 신학에서는 근대 학문의 분류법과 수치화된 계산법을 도입해서 성경을 이해하면서 역사를 '세대'로 나누고자 했고, 성경의 의미를 텍스트의 상호성이라고 할 만한 개념을 도입해 '관주성경'을 유행시켰다. 최근 미국에서 출간된 『세대주의 모더니즘*Dispensational Modernism*』이라는 책은 세대주의 신학도 성서 비평을 주장하는 자유주의 신학만큼이나 그 시대의 일반적인 과학정신을 반영하는 신학적 사고를 했다고 전한다. 세대주의 신학은 성경이 일관되고 유기적인 통합성을 지닌 말씀이기 때문에 예컨대 성경 한 부분의 의미는 다른 곳에 감추어져 있기도 하고 때로는 다른 부분을 참조해야만 이해할 수 있다고 보았다. 이는 세대주의 신학과 대조되는 19세기 이후 미국의 또 다른 대표 신학이었던 자유주의 신학이 성경의 의미를 그 시대의 역사적 배경과 이 시대의 문화적 상황이 허용하는 해석으로 제한한 것과 큰 차이를 보인다. 19세기 비슷한 시기에 출발한 두 신학은 모두 역사적 인식과 이해를 그 시대의 정신의 일부로 받아들여 중요하게 여겼지만, 세대주의 신학이 성경의 예언을 통해 종말로 향하는 시대의 진리를 읽고자 했다면, 자유주의 신학은 성경의 묵시록을 성경이 쓰여진 시대의 역사적 상황을 기록한 것으로 보거나 그 시대의 신학적 또는 신화적 상상력을 드러낸 것으로 보고자 했다.(두 신학은 해방을 지향하는 신학과 복음주의 진영의 신학으로 발전해 아직도 미국 신학의 두 축으로 남아 있다.) 20세기 개신교의 시한부 종말론 사건들은 대개 미국의 세대주의 신학에서 그 뿌리를 찾을 수 있다. 그 사건들의 폐해는 여기서 따로 언급할 필요가 없을 정도로 많이 알려져 있고, 세대주의 신학 또한 충분한 비판을 받아왔다. 다만 그 신학이 미국에서 신앙운동으로, 독특한 세계관과 역사의식으로 발전되어온 역사는 매우 중요하다. 미국의 묵시록이라는 관점에서 세대주의 신학은 미국의 종말론적 정서를 19세기 후반의 시대정신 속에서 개량하고 구체화한 것이라 할 수 있다.

시간에 시작이 있고 목적과 끝이 있다는 게 기독교 서구 문화의 시간 이해라면, 그 끝이 가까이 왔다는 종말론의 시간은 단순히 시간의 끝이 아니라 이루어진 시간을 말하고 이것은 다시 시간의 본질을 뜻한다. 기독교 신학에서 시간이 (하이데거에서처럼) 존재의 문제 또는 존재를 통해 이해되어야 한다고 믿는다면 그 존재는 인간의 존재가 아니라 신의 존재를 의미한다. 신의 존재를 온전히 드러내는 시간이 종말론의 시간이기 때문이다. 기독교 신학에서 이 시간의 문제는 메시아적 시간이라는 종말론의 시간보다 훨씬 더 복잡하다. 그 시간이 메시아를 기다리는 시간이 아니라 메시아의 재림을 기다리는 시간이라는 점에서 끝이 가까운 시간이 아니라 이미 끝난 시간 아니면 세상의 종말이 선고된 상태에서 사는 시간이기 때문이다. 세대주의 전천년설은 부활로 이미 시간의 시제가 혼탁해진 상태에서 회개와 중생과 같은 시간의 앞뒤 경계를 흐리는 개념을 도입하고 의인과 악인까지 한때 부활한다는 드라마를 연출했다. 우리가 살고 있는 시간이 이미 대본이 나온 그 드라마의 전편Prequel이라면 시간의 경계만이 아니라 모든 구분이 무의미하다는 생각을 할 수밖에 없고 그 드라마가 실현되기를 기다리는 일념으로 살아야만 한다는 결론을 낳을 수 있다.

미국 정치의 메시아주의

미국인이 말하는 자유란?

미국의 고속도로나 시골길을 차로 달리다 보면 길가에 꽂혀 있는 "미국의 유엔 탈퇴Get US Out of the UN"가 적힌 팻말을 가끔 보게 된다. 국제 평화를 유지하기 위해 출범한 국가들의 연합기구인 유엔에 대한 미국 내부의 반대는 그 시작부터 거셌다. 미국은 유엔에 대한 재정적 지원을 가장 많이 하는 나라지만, 유엔에 대한 불신과 반감이 제일 많은 나라이기도 하다. 미국의 보수 정권은 늘 유엔의 비효율적이고 방대한 관료 체제를 근거로 내세우며 지원 예산을 삭감하겠다고 으름장을 놓아왔고, 트럼프 정권 역시도 같은 입장이다. 그러나 실제 이유는 이념적인 것으로, 유엔과 같은 초국가적 기관은 미국의 주권을 침해하고 미국의 자유를 억압할 가능성이 있다고 보기 때문이다. 트럼프가 집권한 이후 부각된 현행의 북미자유무역협정이나 한미자유무역협정에 대한 반대도 같은 맥락에서 이해가 가능하다. 경제적 이익과 일자리의 문제로 언론에서 보도되지만, 더 깊은 배경은 보수 기독교인들의 선민의식과 예외주의가 미국이 타국과 타협해서 만든 협정에 의해 규제되는 걸 용납하지 못하기 때문이다. 그러한 의식의 저변에 보수 기독교의 묵시록적 세계관이 자리 잡고 있다.

그 세계관에서 비롯한 언어에 의하면, 유엔은 미국의 자유를 억압하는 적그리스도의 역할을 한다. 미국에서 자유라는 용어는 선민의식과 예외주의에서 파생된 종교적인 이념이고 유엔에 대한 반대는 종교적인 운동이다. 신의 사명을 수행하려는 사람들을 반대하는 세력을 지칭하는 언어로 성경에서 찾은 용어가 적그리스도다. 유엔은 출범할 때부터 적그리스도의 세력이라는 의심을 받았고, 유엔의 사무총장이 된 인물에겐 언제나 적그리스도가 아닌가 하는 의심이 따라다녔다. 한국 출신의 반기문 전 총장도 예외 없이 일각에서 그런 취급을 받았다. 유엔이 미국의 자유를 억압하는 반미 단체이기 때문에 해체되어야 한다는 주장을 하는 사람들은 주류 미디어에서 주목받지 못하지만, 보수 정권의 지지층으로는 무시 못 할 세력이다.

미국의 자유가 훼손당하면 안 되는 이유는 미국이 신으로부터 세상을 구할 메시아적 사명을 부여받았다는 믿음 때문이다. 미국이 세상을 이끌어야 한다는 사명감은 미국의 역사를 통틀어 확인할 수 있다. 이러한 인식이 20세기 이후에 패권적 정치나 제국주의적 성향으로 드러났지만, 그 뿌리는 선민의식과 연결된 메시아주의에서 찾을 수 있다. 미국의 대외정책은 선교사들의 전략과도 유사했다. 자유는 복음이었고 절대적 가치를 띠었기에 결과에 구속되지 않는 순수함과 선한 의지에 대한 믿음을 요구했다. 바로 그 믿음이 청교도 이후 현재까지 미국 역사의 저변에 흐르는 무의식의 정서를 지배하고 있다. 미국의 메시아주의는 결국 마지막 날의 사명을 말하는 종말론이었다. 그 시각으로 세상을 보면 곳곳에 도사리고 있는 적그리스도의 세력, 즉 미국의 자유를 침해하는 반미의 세력이 보이게 된다.

선과 악으로 나뉘는 세상 이해

메시아적 사명과 묵시록으로 본 세상은 선과 악의 대결이 벌어지는 공간이다. 선은 미국의 역할이기 때문에 남은 문제는 악이 누구인가를 밝혀내는 것이다. 역사 속에서 그 악의 역할은 영국, 독일, 소련, 이라크, 북한에 이르기까지 다양한 국가들이 맡아왔다. 선악의 전쟁에서는 타협하지 않고 자유와 진리를 위해 싸워야 한다. 미국이 대변하는 선은 자유 그 자체였고 자유는 신의 영역이었기 때문에, 악은 미국의 적일 뿐만 아니라 신을 반대하는 적그리스도의 모습으로 역사에 등장한다고 믿었다. 대화나 타협이나 협상은 언제나 비공식 채널로 하고, 공식적으론 절대적인 승리만을 선포했다. 하지만 궁극적으로 폭력과 파괴를 두려워하지 않는다. 왜냐하면 그 폭력의 참혹한 결과보다 더 큰 목적과 가치와 진리가 있다고 보기 때문이다.

묵시록은 구원론이다. 세상의 끝을 기다리는 마음은 구원의 날을 기다리는 것이다. 그날이 오기까지 폭력과 환란이 있어야 한다면, 그 역시도 구원의 조건이 된다. 세상을 선과 악으로 나누어 보는 시각은 세상에 늘 악이 있다고 믿게 한다. 악이 없는 세상은 없기 때문에 악이 보이지 않으면 악의 세력이 어디선가 더 큰 음모를 꾀하며 숨어 있다고 여긴다. 그렇게 찾은 악은 창조된 악일 수도 있고 누군가를 희생양으로 삼아 만들어진 것일 수도 있다. 구세주가 있기 위해서는 세상에 악이 존재해야 하고, 악은 구체적으로 마귀나 그 꼬임에 넘어간 인간으로 구체화된다.

미국인 셋 중 하나는 뉴스에 등장하는 사건들이 성경에서 말하는 세상의 종말과 어떤 관계가 있을지 생각해본다고 한다. 다수의 미국인은 신약성경의 계시록에 기록된 사건들이 이루어질 것으로 믿고 있고, 심지어 9·11 사건이 성경 어딘가에 예언되었다고 믿는 미국인도 25퍼센트나 된다. 미국에서 정치와 종교 분리는 세속화된 유럽보다 오히려 이슬람 문화권에 더 가깝다. 미국의 정치를 움직이는 종교 특히 근본주의 신앙의 힘은 막강하다. 조지 W. 부시 대통령은 묵시록의 언어에 익숙한 복음주의 기독교인이었고, 재직 시절 마치 자신이 신에게 부여받은 사명을 수행하는 것처럼 얘기한 적도 있었다. 이라크와의 전쟁을 성전에 빗대기도 했고, 그 전쟁이 끝났을 땐 사명을 완수했다고 말했다. 9·11 이후 부시의 시대를 묵시록의 종교와 미국의 제국주의가 하나 되어 묵시록의 정치를 했다는 평가도 받는다.

묵시록의 종말론을 신뢰하는 미국의 보수 기독교인들은 지구 온난화의 현상을 믿지 않고, 국가의 복지정책을 불신하고, 작은 정부를 지지하고, 국가 권력이 개인의 자유를 침해할 수 있기 때문에 자본주의 시장을 선호한다. 이런 관점을 흔히 정치적 보수주의의 입장이라 하지만, 그보다 앞서 근본주의 신앙에서 출발한 보수 기독교의 입장이라 보아야 한다. 더 나아가 자유와 그 자유를 지켜낼 제도인 민주주의도 근대의 개념이기 이전에 미국의 메시아적 사명과 묵시록의 정체성에 의해 세워진 이념이라 할 수 있다. 이스라엘에 대한 미국의 무조건적인 지지만큼이나 미

묵시록의 신학

국 정치의 메시아주의를 잘 드러내는 것은 없다. 세상의 유대인들이 이스라엘로 복귀해야만 계시록의 마지막 예언들이 이루어질 수 있다는 믿음은 미국 보수 개신교 종말론의 중요한 부분에 속한다. 이스라엘에 대한 지지 때문에 국제적으로 비난을 받아도 동요하지 않는 미국의 정책은 정치적 상식에서 벗어난 종말론의 차원에서 설명할 수밖에 없다.

미국이 이와 같은 종말론적 사명을 망각하고 있다는 자성의 소리는 보수 정치계나 종교계에서 흔히 듣게 된다. 때로는 그에 대한 비판의 목소리를 밖에서 듣기도 한다. 여기 한국 개신교의 종말론과도 연관된 일화가 있다. 미국의 독립 200주년을 기념하던 1976년, 세속의 타락으로부터 미국의 사명을 일깨워주기 위해 한국에서 온 사람이 있었다. 바로 통일교의 문선명 목사였다. 전설적인 뉴욕의 양키구장을 꽉 메운 군중 앞에서 그는 「미국은 하나님의 소망」이라는 제목의 연설을 했다. 미국의 선교사들이 한국에 전해준 종말론의 메시지를 변형시킨 통일교는 이제 미국 땅을 찾아와 미국이 망각하고 있는 본래의 사명 즉 메시아적 사명을 설파하고 있었다.

연설에 의하면 미국은 신이 세운 나라였고, 신을 섬길 자유를 찾는 사람들이 미국으로 이주해왔다. 그들은 민족을 초월한 새로운 이상의 나라, 지상천국을 건설했다. 지구 위에 이런 나라는 미국밖에 없었다. 신은 미국을 축복했고 세상에서 가장 강한 나라로 만들었다. 하지만 미국은 마귀의 유혹을 받아 타락했고 신을 망각한 몰락의 길을 걷고 있었다. 지금은 이제 하나님 나라를 미국 땅에 세울 사명을 회복해야 할 시간이었다. 사탄의 세력은 공산주의였고, 이제 그에 맞서 싸워야 할 때가 왔다. 세상을 구할 하나님의 소망이 미국에 있었고 이제 그 소망을 다시 이루기 위해 싸워야 한다고 외쳤다.

당시 미국 언론에서 화제가 됐던 이 연설은 미국인들의 종교적 심성을 잘 간파한 것으로 여러 측면에서 흥미롭다. 세상을 구할 메시아의 사명은 그 시대 마귀의 세력인 공산주의에 맞서 승리할 정치적인 것으로 설정됐지만, 그 잊혀진 구원의 사명을 재확인해주는 것 역시도 메시아적 사명이었다. 그 사명을 새롭게 이어받은 나라는 한국이었고 이를 전달해줄 메시아적 인물은 문선명이라는 것이었다.

종말론과 실용주의

도널드 트럼프가 미국의 대통령으로 당선된 다음 날, 오바마는 침울한 분위기 속에 있는 비서진들에게 트럼프의 당선이 묵시록의 사건이 아니고 역사는 후퇴하면서 발전하기도 한다는 말로 위로했다고 한다. 오바마는 트럼프를 지지한 유권자 중에 곧 종말이 올 것으로 믿는 보수 기독교인들이 많다는 사실을 알고 있었지만, 그의 발언은 묵시록이라는 단어가 미국에서 얼마나 평범한 말인지를 확인시켜준다. 미국의 정치에 메시아주의라는 종말론이 흐르고 있지만, 오바마는 신학자 라인홀드 니버Reinhold Niebuhr를 좋아하는 실용주의자였다.

실제로 미국을 대표하는 사상을 물으면 대개 실용주의라는 답을 듣게 된다. 종말론과 실용주의는 대립적인 사상으로 보인다. 종말론은 이 세상의 종말을 추구하는 현실 타파의 사상이지만, 실용주의는 현실의 문제를 이상주의적이거나 이념적인 것으로 보지 않고 합리적이고 과학적인 해결책을 마련해야 할 실천의 문제로 인식하기 때문에 상반된 견해라 할 수 있다. 실용주의가 철학적인 세계관으로 등장하게 된 것은 19세기 말이었지만, 실용주의를 미국의 사상이라고 하는 이유는 어느 한 사람이 이를 유명한 철학으로 발전시켰기 때문이 아니라 그 가치가 미국의 정서에 깊이 뿌리내렸기 때문이다.

그 정서는 미국의 역사와 밀접한 관계를 맺고 있다. 그 역사는 유럽에서 건너와 과거의 전통이나 폐습에서 벗어날 수 있었고, 새로운 땅에서 자신의 힘으로 모든 것을 만들어내고 해결해야 했던 역사를 말한다. 여기서 '아메리칸 드림'이라는 개념이 등장한다. 그 꿈은 미국에서 새롭게 다시 시작할 기회를 얻을 수 있다는 것이었다. 실용주의의 가치가 학문적으로 등장하게 된 동기는 그런 미국적인 자아가 칼뱅주의의 교리적인 편협함에 억눌려 있다는 에머슨과 같은 이들의 글에서 제공됐다. 에머슨은 인간이 스스로 생각하고, 그 생각을 신뢰하고, 그 생각의 바탕 위에서 진리를 판단해야 한다고 보았다. 인간은 타락한 원죄를 물려받은 후손이 아니라, 자신의 노력으로 이 땅의 자연 속에서 세상을 새롭게 이해하고 원죄 이전의 순수한 상태를 회복할 수 있다고 믿었다.

에머슨의 실용주의는 인간이 자연과 소통하면서 스스로 생각하고 판단하는 주체적인 존재라는 사실을 깨달을 수 있다는 반묵시록적인 인간 이해에 기초한 것이었다. 실천과 결과를 중요시하는 실용이라는 평범한 가치가 19세기 중반 이후 미국의 대표적 이념으로 등장한 이유는 인간의 가능성에 대해 부정적 입장만을 견지하던 교리적 기독교에 대한 반발이었다. 그러나 에머슨과 같은 이들의 영향으로 발전한 미국의 자유주의 기독교는 종말론에서 완전히 벗어날 수 없었다. 사회를 변화시키고자 하는 진보적인 노력을 신학적으로 정당화하는 방법을 천년왕국설에 기초한 후천년설에서 찾은 것이다. 후천년설은 예수의 재림이 이 땅에서 인간의 힘으로 하나님 나라라는 이상적인 왕국이 세워진 후에 올 것이라는 믿음이었다. 19세기 후반 미국의 사회 복음 운동은 이 땅에서 사회를 개혁해 하나님 나라를 건설하자는 운동이었다.

미국 정치에서의 실용주의는 미국이 세계에서 가장 강력한 나라로 등장한 2차 대전 이후 그 힘을 어떻게 활용해야 할지를 고민하면서 등장했다. 그 논의의 중심에 신학자 니버가 있었다. 니버는 기존 실용주의 철학과 자유주의 기독교의 낙관적인 인간론을 비판하면서, 현실적인 기독교 윤리관과 접목된 실용주의를 내세웠다. 냉전 시대 미국 외교정책에 큰 영향을 미쳤다고 평가받는 그의 실용주의는 세상의 현실과 인간의 역할에 대해 낙관도 비판도 배제하는 철학이었다. 니버는 세상의 악은 엄연히 존재하고 인간이 실현할 수 있는 세상의 정의는 상대적일 수밖에 없기 때문에 인간의 힘으로 유토피아를 건설하겠다는 생각은 부질없는 것이라 믿었다. 냉전 시대 절대적인 힘을 가진 국가로 떠오른 미국은 메시아주의적인 자만심을 버려야 하지만 힘에 걸맞은 책임을 질 용기는 있어야 한다고 주장했다.

9·11 이후 니버는 또다시 미국의 외교정책 논란의 중심으로 떠올랐고, 오바마도 참여해 니버를 자신의 사상가로 치켜세웠다. 니버나 오바마가 미국 정치의 메시아주의를 완전히 포기한

것은 아니다. 미국이 세상에서 가장 강한 나라가 되었지만, 항상 힘의 남용을 조심하고 겸손해야 한다고 믿었다. 그러나 그 힘을 갖게 된 이유는 정당할 뿐만 아니라 오히려 한편으로 숙명적이라 믿었고, 이런 믿음은 특별히 선택되었다는 자의식을 갖는 나라의 특권이다. 실용주의가 수용하는 메시아주의는 암묵적이고 미약한 메시아주의, 소리 없이 오는 메시아를 선포하는 것일 수 있다. 하지만 메시아주의는 메시아라는 존재의식 없이도 미국의 예외주의나 선민의식으로 드러나는 미국 정치의 특징적인 요소이다. 트럼프의 등장으로 미국 정치의 메시아주의는 근본주의 신앙을 다시 만났고, 미국의 묵시록은 새로운 장을 만났다.

묵시록의 신학

3

묵시록의 시선

미국에서
묵시록이 꽃피다

토크빌이 돌아본 미국

토크빌과 새기노

나는 한때 토크빌을 별로 좋아하지 않았다. 그의 책 『미국의 민주주의』가 미국을 다룬 그 어떤 책보다 뛰어나다는 분석에 동의하기 힘들었고, 마치 그 책을 미국이라는 종교의 경전인 듯 취급하는 경향도 싫었다. 20대 중반의 프랑스 귀족 청년이 미국을 9개월 돌아보고 쓴 글이 얼마나 대단하겠느냐는 반감도 없지 않았다. 그 때문에 그의 분석력과 통찰력이 얼마나 뛰어난 것이었는지, 그리고 그의 미국론이 후대에 미친 영향에 대해서도 제대로 인식하는 게 늦었다. 뒤늦은 깨달음에 도움을 준 건 미국 사상에 대한 공부도 있었지만 다소 개인적인 동기도 작용했다. 내

147

가 한때 토크빌이 미국 여행에서 방문했던 미시건주의 새기노 Saginaw라는 작은 도시에서 살았기 때문이다. 새기노라는 이름을 세상에 알린 게 토크빌이었고, 그 지역엔 그의 이름을 신화의 전설로 기억하는 사람들이 있다는 사실도 살면서 알게 되었다. 토크빌이 새기노 지역을 돌아보고 남긴 기행문 「광야에서의 2주일 A Fortnight In The Wilderness」을 찾아 읽으면서 그의 섬세한 관찰력과 문명사적인 인식에 깊은 인상을 받았다. 그렇다고 그가 18세기 유럽의 우월주의를 넘어선 건 아니었다. 그에게 서구 문명의 확산으로 원주민들이 사라지고 미시건의 거대한 밀림지대가 파괴되며 문명의 소음 앞에서 자연의 침묵이 깨진다는 것은 돌이킬 수 없는 운명에 가까웠다. 감옥을 연구한다는 명분으로 미국에 왔지만 토크빌은 민주주의가 일상의 삶 속에서 어떻게 적용되는지를 관찰하는 데 더 흥미가 있었다. 그러던 그가 새기노를 방문하게 된 까닭은 서구 문명이 어디까지 왔는지 그 지리적 끝자락을 확인하기 위해서였다.

토크빌이 새기노의 야생에서 모기떼와 싸우며 쓴, 서구 문명의 종착점에 대한 고민이 담긴 그 기행문과 겹치는 개인적 체험이 있다. 토크빌의 기행문에 대한 기억이 생생하던 어느 날, 새기노 위아래로 흐르는 티타바와시강Tittabawassee River에서 자동차 사고로 익사한 한 백인 남자의 장례식에 참석한 일이다. 그의 죽음이 내게 토크빌을 연상시킬 이유는 없었다. 단지 그 옛날 카누를 타고 서구 문명의 최전선을 목격하기 위해 티타바와시강을 오르내리던 토크빌이 떠올랐을 뿐이다. 교회를 다니지 않았던 사람이지만, 그의 죽음을 애도하는 설교와 축도는 죽음 뒤 부활의 약속을 선언했다. 문명의 끝에 대한 토크빌의 묵상과 나와 별다른 인연이 없었던 한 인간의 종말은 티타바와시라는 특이한 이름의 강과 연결되어 정리되지 않은 채 내 속에 남아 있었다. 지금 생각하면 토크빌이 목격했던 미국의 민주주의와 감옥 그리고 서구 문명의 팽창으로 사라질 원주민들의 삶이 어떤 식으로든 연결되어 있다는 느낌도 나의 혼탁한 마음 상태를 만드는 데 한몫했으리라.

알렉시 드 토크빌Alexis de Tocqueville, 1805~1859의 사상이 종말론적이었다고 말하는 사람은 없다. 그는 곧 다가올 종말이 아니라 곧 필연적으로 다가올 민주주의의 미래를 고민했던 사람이다. 그러나 그의 이름과 묵시록을 함께 거론할 수 있는 일말의 근거를 찾을 수 없는 것도 아니다. 토크빌의 사상적 배경은 18세기 후반 종말과 묵시록의 상상을 유발했던 프랑스혁명이었다. 19세기 초반 유럽에 혁명의 불길이 치솟을 때 혁명 이후의 영구적인 정치제도를 미국의 민주주의에서 찾기 위해 미국을 탐방했으니, 그의 사상을 포스트 묵시록post-apocalyptic이라 할 수도 있겠고 또는 세속화한 묵시록이라는 표현으로도 설명할 수 있다.

토크빌은 그의 동료 귀스타브 드 보몽Gustave de Beaumont과 함께 미국의 감옥을 연구의 대상으로 우선 삼았다. 혁명의 시대는 제도의 정비를 요구했고, 법제도를 역행한 죄인을 다루는 일에도 새로운 생각이 필요했다. 18세기 후반 미국에서는 감옥을 육체적 고통의 형벌을 가하는 심판의 공간에서 교도소penitentiary라는 이름의 참회를 유도하는 곳으로 변화시키는 종교적 운동이 일어났다. 국가적 심판을 실행하는 공간에서 참회와 회심이라는 종말의 믿음을 실천하는 공간으로의 변화였다. 만약 토크빌이 유럽에서 목격한 것이 폭력과 파괴의 묵시록이었다면 그가 미국에서 찾은 것은 심판의 묵시록이라 할 수 있다.

혁명과 감옥 그리고 심판

계시Revelation와 혁명Revolution은 전혀 다른 단어지만 서양의 역사에서 두 단어는 분리될 수 없는 밀접함이 있다. 즉 계시를 내세우고 이를 실현한다고 주장하지 않는 혁명은 없다. 완전히 세속화된 혁명도 정해진 역사의 법칙을 말한다. 그리고 혁명이라는 급격한 변화는 언제나 계시나 묵시록의 언어에 의존하게 된다.

미국의 혁명이 그랬고 프랑스혁명도 마찬가지였다. 묵시록의 두 비전, 즉 세상의 종말과 새 하늘과 새 땅의 비전은 모든 혁명적 시대의 필수적 수사였다. 독립을 위한 전쟁1775~1783으로 알려진 미국의 혁명은 무엇보다 종교적인 전쟁이었고 혁명이었다. 청교도들의 종말과 새로운 예루살렘에 대한 비전이 세속화되고 정치화된 결과였고, 그들의 후예인 장로교인들이 그 혁명을 주도했다. 프랑스혁명1789~1799은 그 당시 사람들에게 새로운 시대를 알리는 예언과 계시의 사건이었다. 두 혁명을 정치 역사의 일부로 이해하는 건 후대의 해석이었고, 당대의 해석은 새로운 시대와 새로운 인간에 대한 성경의 예언에 의존했다. 그 예언의 언어는 묵시록이었다. 그 언어로 프랑스혁명의 예언과 계시적인 해석을 맡았던 사람들은 윌리엄 블레이크William Blake와 윌리엄 워즈워스 William Wordsworth 같은 시인들이었다. 그들은 혁명의 사건이라는 묵시록 속에서 자유로운 인간이 주도하는 새로운 세상을 보았고, 이것이 바로 낭만주의의 시작이기도 했다.

토크빌이 1831년 미국 땅을 밟았을 때 당시 유럽은 혁명의 시대였고, 미국의 감옥 제도에 관심을 갖는 건 프랑스만이 아니었다. 영국의 제러미 벤담Jeremy Bentham은 팬옵티콘panopticon이라는 감옥을 직접 설계했는데, 수감자로 하여금 본인이 철저하게 관찰당하고 있음을 자각하게 만들어 통제하는 걸 목적으로 삼았다.

유럽이 관심을 갖게 된 건 미국의 퀘이커들이 주도해 만든 교도소였다. 퀘이커들은 사형이나 고문을 금지시켰고, 죄인들을 가둬두는 것만으로도 효과가 있다고 믿었다. 수감자들이 반성과 회개를 할 수 있는 환경을 조성하는 것이다. 그들은 침묵 속에 스스로를 돌아보게 만든다는 퀘이커들에게 익숙한 방식을 도입해 죄를 뉘우치고 교화를 추구하는 새로운 실험을 했다.(격리된 상태에서 강요된 침묵이 일으키는 정신적 문제에 대해 초기에는 알지 못했다.) 토크빌은 미국의 여러 감옥 시설을 돌아보고 미국이 자신이 아는 어느 나라보다 더 관용적인 수감제도를 갖고 있다는 결론을 내렸다.

프랑스혁명 이후 유럽인들의 사례처럼, 혁명의 시대에 감옥에 대해 관심을 갖게 되는 현상을 이론으로 설명한 사람은 미셸 푸코였다. 새로운 시대는 그 시대의 주인공이 될 새로운 인간상을 찾게 하고, 그 기준에 미치지 못하는 사람들을 어떻게 다룰 것인가 고민하게 된다. 혁명은 감옥의 문을 열기도 하고 새로운 죄인을 만들기도 한다. 푸코는 유럽이 근대라는 시대를 열면서 근대적이지 못한 것들을 다루는 제도적 장치들을 연구한 것으로 유명하다. 그 역시도 감옥이 육체의 형벌을 가하는 곳에서 감금을 통한 교도를 목적으로 하는 공간으로의 변모에 종교적 원인이 있음을 인정했지만, 그보다는 정의와 형벌에 대한 개념의 변화를 더 큰 원인으로 파악했다. 토크빌과 푸코는 퀘이커들이 감옥을 참회와 구원의 공간으로 변화시키려 했고, 그 노력이 퀘이커들의 종말론적인 신앙과 연관이 있다는 것을 알지 못했다. 서구 역사의 혁명적인 변화나 새로움이 신학으로밖에는 설명이 안 된다는 사실도 간과한 면이 있다. 청교도들과 마찬가지로 미국의 퀘이커들은 종말의 비전을 유토피아의 건설을 통해 이루려 했다. 그 유토피아는 모든 인간에게 꺼지지 않은 선한 빛이 잠재해 있다는 믿음에서 출발하는 것이었다.

심판은 묵시록의 언어다. 토크빌은 19세기 초 미국 법의 심판을 받은 사람들이 수용된 감옥을 방문했고, 서구 문명의 심판을 받아 사라질 위기에 처한 원주민들을 만나 그 증인이 되고자 했다. 하지만 심판은 결코 토크빌의 언어가 아니었고, 미국의 민주주의가 심판이라는 개념 그리고 감옥이라는 공간과 친숙한 상태로 발전하리라는 생각도 하지 못했다. 여기서 심판은 법의 심판만을 얘기하지 않는다. 미국에선 최후의 제도이자 가장 앞선 정치제도인 민주주의 그 자체에 심판이라는 암시가 무의식 속에 작용한다. 더 나아가 미국의 의미를 심판에서 찾는 경향도 있다.

법과 심판

나는 몇 달에 한 번 자동차 엔진오일을 교체하기 위해 동네의 정비업체를 찾는다. 가는 시간대가 늘 비슷해서인지 대기실 벽에 붙은 작은 TV에선 늘 같은 프로그램이 방영 중이다. 실제 재판처럼 민사소송을 중재하고 판결을 내리는 프로그램이다. 실제로 법원에 계류 중인 사건 중에서 흥행성이 있을 것만을 골라 TV 카메라 앞에서 재판을 받도록 하는 것이다. 리얼리티 TV의 원조 격이다. TV 출연이 결정되면 그 재판 판결에 따라야 하고, 실제 소송은 취하한다는 조건이 붙는다. 판사의 역할은 실제 판사 일을 했던 사람이 맡는다. 명쾌한 판결을 내려주고 근엄하게 때로는 TV에 어울리는 열정으로 훈계하고 꾸짖기도 한다. 그럴 때면 진리의 소리를 듣는 시청자의 가슴도 후련해진다. 이와 비슷한 형식의 TV 프로그램이 미국에는 많다. 시청률도 높은 것으로 알고 있다. 미국 사람들의 독특한 정서적 성향과 기질에 맞는 면이 있기 때문이다. 그것은 심판을 통한 정의에 대한 신뢰다. 미국은 내가 아는 어느 나라보다 법에 대한 신뢰가 높다. 그 신뢰는 세속적인 신뢰가 아니다. 법 앞의 맹세는 성경 책 위에 손을 얹고 하는 전통이 말해주듯, 거짓을 말하지 않겠다는 단순한 맹세가 아니라 하나님의 말씀을 걸고 증언을 하겠다는 곧 목숨을 걸겠다

묵시록의 시선

는 뜻을 포함한다. 그 상징의 무게가 더 이상 무거울 수 없다. TV 법정의 재판은 심판과 판결 그리고 형벌 또 때에 따라 위로와 훈계로 이어진다. 이런 프로그램이 성행하는 이유는 현실 속의 법 집행에 대한 불만이 시청자들에게 있기 때문만은 아니다. 오히려 심판과 정의 그리고 죄와 벌 사이의 명확한 관계가 미국적인 것이고, 또 미국의 본질에 속한다는 시민적 믿음을 상업화한 것이라 볼 수 있다.

법과 법의 심판에 대한 믿음은 더 많은 법을 만들어내고 결국 더 많은 심판을 요구한다. 인구수를 감안하면, 미국에는 세계 어느 나라보다 더 많은 사람들이 감옥에 갇혀 있다. 같은 죄를 지어도 어느 나라보다 더 가혹한 심판을 받는 걸 흔히 본다. 감옥 속에서 더 심한 폭력에 시달리게 되지만, 이미 심판받은 자들에 대한 동정은 찾기 쉽지 않다. 감옥 산업은 지속적으로 성장하고 있지만, 그에 대한 반성은 흔치 않다. 서구 사회에서는 이미 포기한 사형 제도를 고집하는 미국의 주들이 아직도 많다. 이런 사실을 통해 미국 사회가 보수적이라는 평가를 내리게 되지만, 정치적인 의미에서의 보수성만으로 이를 설명하기는 힘들다. 필요한 것은 미국의 보수주의에 대한 종교적이고 신학적인 이해다. 죄에 대한 응징, 제사장의 의복_{법복}을 입은 사람들이 내리는 심판, 가혹한 형벌의 대가를 통해 죄를 씻는 용서의 구조 등은 실정법의 제도이지만 종교적인 구조를 갖고 있다. 그러나 은혜가 없는 법에 의한 심판은 저주의 심판이 되기도 한다.

서구에서 가장 종교적인 나라인 미국은 종말론의 언어와 심판의 언어에 익숙하다. 미국은 청교도들의 시대부터 스스로를 마지막 시대와 종말의 주역이라 여겼다. 이 땅의 끝을 예비하고 이를 이루어내는 역할이 미국의 몫이라는 종말론의 세계 인식은 미국 문화의 근원적 요소로 남아 있다. 이는 최근 세계정치의 심판자라는 인식 또는 선제 핵무기 공격을 포기하지 않는 정책 등에서도 목격할 수 있다. '심판의 날'이라는 개념은 공상과학 소설이나 영화의 주제만이 아니라 청교도 시대 미국 역사에서 동명의 첫 베스트셀러 이후 미국 문화의 기본 주제라고도 할 수 있다.

미국인이 선택한 예언자

토크빌은 미국 역사의 예언자 취급을 받는다. 그 이유는 그가 보고 기록한 것이 뛰어난 가치가 있기 때문이겠지만, 역으로 그가 보지 못하고 기록하지 못한 게 있기 때문인지도 모른다. 토크빌이 미국에 왔을 때 프랑스 사절단에 준하는 대우를 받았지만, 그를 알아보는 미국 사람은 없었다. 토크빌이 미국을 돌아본

지 10년이 지난 후 영국의 유명 작가가 미국을 방문했다. 그는 가는 곳마다 사람들이 쫓아다녀 귀찮고 불편하다고 불평까지 했던, 요샛말로 스타였다. 귀국 후 그는 장문의 (그러나 지금은 주목을 받지 못하는) 기행문 「아메리카 단상American Notes」을 썼다. 그가 당시 서른 살이었던 찰스 디킨스Charles Dickens다. 이런 질문을 해본다. 왜 디킨스가 아니고 토크빌이었을까? 미국에서 토크빌이 차지하고 있는 위상은 디킨스의 몫이어야 하지 않을까? 영국에서 독립한 미국이 영국의 소설가에게서 미국 민주주의의 본질에 대해 설명을 듣고 싶지 않은 이유도 있었겠지만 더 실제적인 이유가 하나 있었다. 디킨스는 미국에 대해 별로 좋은 얘길 하지 않았다.

디킨스가 미국을 방문한 이유는 영국 사회를 개혁할 모델로 미국의 제도를 연구하기 위함이었다. 토크빌과 마찬가지로 디킨스는 미국의 앞서가는 수감 제도를 직접 확인하고자 했고, 실제 토크빌이 10년 전 방문했던 퀘이커 정신으로 만들어진 펜실베이니아의 교도소를 찾았다. 그러나 보스턴을 돌아보고 뉴욕을 다니면서 이미 미국에 대한 그의 시각은 변하고 있었고, 결국 펜실베이니아의 교도소를 방문하고 내린 그의 결론은 토크빌의 분석과 전혀 다른 것이었다. 토크빌은 수감자들에게 강요된 고립과 침묵이 성찰과 회개로 이어질 것으로 판단했지만 디킨스는 그런 상황이 고문보다 더 심각한 뇌의 분열을 가져올 것이라 예견했다. 그 예견은 근거 있는 것으로 증명이 됐지만, 그가 글로 남긴 미국의 제도와 미국인들에 대한 부정적이고 편견 섞인 평가는 그의 방문을 열렬히 환영했던 미국인들에게 허탈감을 안겨줬다. 따라서 디킨스가 토크빌만큼 미국 담론의 형성에 영향을 끼치지 못한 이유는 분석의 깊이에만 있는 게 아니었다.

참고문헌

1830년에서 1837년까지의 7년은 미국 사상사에서 뜻깊은 시기였다. 미국에서 태어난 에머슨은 목사직을 사임하고 1832년 크리스마스 날 유럽 여행을 떠난다. 당대 유럽의 중요한 문인들과 교제한 후 미국에 돌아와 미국 사상의 기초를 세운 『자연Nature』을 1836년에 출간한다. 그리고 1837년엔 '미국의 학자'라는 유명한 강연을 통해 미국에서 학문하는 방법과 자세를 선언했다. 에머슨보다 두 살 어렸던 프랑스의 토크빌은 1831년 미국을 9개월 방문하고 귀국해 미국의 사상을 유럽에 알리고 이후 미국 사상의 고전이 된 『미국의 민주주의』 1권을 1935년에 출간했다. 미국의 의미를 안팎에서 모색해 그 내용을 사상사의 전통으로 남긴 시기였다.

미국 역사에서 첫 베스트셀러 『심판의 날The Day of Doom』은 마이클 위걸즈워스Michael Wigglesworth가 썼다.

미국과 자연사

제퍼슨과 뷔퐁 그리고 화석

제퍼슨이 뷔퐁에게 무스를 선물한 까닭은?

미국의 역사에서 가장 재미있는 사건 중 하나는 역사책에서 '제퍼슨과 무스'라는 제목으로 등장하는 18세기에 있었던 일이다. 미국의 독립선언서를 쓰고 3대 대통령을 지낸 걸출한 지식인 토머스 제퍼슨Thomas Jefferson은 당시 미국의 대사로 프랑스에 거주하고 있었다. 제퍼슨은 큰 무스 한 마리를 사냥해 뿔까지 박혀 있는 상태에서 박제해 프랑스로 보내라는 주문을 본국에 했다. 18세기의 운송 수단으로 그것도 한겨울에 박제된 거대한 무스를 프랑스로 운반하는 일은 본국에서 쉽게 수락될 수 있는 사안이 아니었으나, 제퍼슨은 지속적으로 요구했고 마침내 뜻을 이루었다. 박제된 무스는 자연학과 지질학으로 18세기 유럽 최고의 명성을 누렸던 뷔퐁 백작Comte de Buffon에게 보내졌다. 뷔퐁은 지구의 역사를 과학으로서 처음 연구했던 학자로 인정받고 있었고, 그 역사가 4,000년이 아니라 75,000년이라는 새로운 주장까지 폈던 인물이다. 또한 찰스 다윈이 등장하기까지 가장 영향력 있는 진화의 이론을 펼친 학자였다.

제퍼슨이 평소 알고 지내던 뷔퐁에게 미국의 무스를 보낸 건 그의 우정을 표시하기 위해서가 아니라 매우 절박한 사정이 있었다. 뷔퐁은 자신의 방대한 저술 『자연사Histoire naturelle, générale et particulière』에 신대륙 미국에 대한 부정적인 내용을 기술했고, 그 내용은 뷔퐁의 명성에 걸맞게 미국에 대한 유력한 이론으로 자리 잡고 있었다. 뷔퐁은 미주 신대륙의 토양이 유럽에 비해 열등하다고 보았고, 그 증거를 동식물의 퇴행성에서 찾을 수 있다고 믿었다. 즉 같은 동물이라도 미국에서 낳고 자란 동물은 연약하고, 유럽에서 미국으로 옮겨간 동물도 그 땅에선 점차적으로 기운을 잃게 된다는 이론이었다. 그 후 미국의 퇴행성은 과학적인 근거가 있는 이론으로 믿는 사람들이 늘어났고, 그 입장을 증명한다는 미국에 대한 다른 연구물도 나오기 시작했다. 뷔퐁의 영향을 받은 코넬리우스 드 파우Cornelius De Pauw라는 학자는 동식물만이 아니라, 사람도 만일 유럽에서 미국으로 이주해가서 살게 된다면 결국 몸과 마음이 연약해지고 정신적 활기를 잃는다는 주장까지 내놓았다.

　그러나 자유와 평등과 행복 추구라는 이념을 기초로 새로운 국가를 만들고자 제퍼슨에게 당시 유럽의 이런 미국론은 어처구니없고 근거 없는 분석에 불과했다. 이를 반박하고 바로잡는 건 미국을 사랑하는 건국의 지식인이 맡아야 할 역할이었다. 말이나 글로 뷔퐁과 같은 대학자의 오류를 바로잡는 건 어렵다는 판단을 했을까. 그는 단번에 미국 자연의 왕성함을 보여줄 물증을 찾았다. 그가 떠올린 게 바로 미국 뉴잉글랜드 지역의 명물인 거대한 사슴과의 동물 무스였다. 박제된 무스를 받았을 때 뷔퐁의 표정이 어땠을까. 생각하면 할수록 웃음이 나오는 해프닝이었지만, 당사자들은 진지한 학문의 논쟁을 벌이고 있었다. 프랑스에서 귀국한 제퍼슨은 『버지니아주에 대한 기록*Notes on the State of Virginia*』이라는 미국의 자연과 정치제도를 알리는 기념비적인 책을 썼고, 그 내용의 상당한 분량을 뷔퐁의 논리에 대항할 실증적이고 경험적인 자료를 독자들에게 제공하는 데 할애했다. 그는 오히려 미국의 자연환경이 자신이 경험한 유럽보다 훨씬 낫다고 판단했지만, 그 판단은 결국 주관적인 것이라는 결론을 내리기도 했다. 제퍼슨은 그 책의 프랑스어판까지 낼 정도로 미국에 대한 오해를 바로잡고, 미국 특히 버지니아의 뛰어난 자연과 건국이라는 정치적 실험의 정당성을 유럽에 알리고자 했다.

반미주의의 원조

뷔퐁은 왜 과학의 이름으로 미국에 대한 황당한 주장을 폈을까? 그의 저술엔 지구에 관한 상당한 분량의 지질학적 연구가 포함되어 있지만, 그의 생각을 요약하면 미국의 환경이 퇴행적인 이유는 기온이 습하기 때문이었다. 미국에는 늪지대가 많았고, 그런 지형에서는 생명의 진화가 더디거나 퇴보한다고 생각했다. 습한 땅에서 태어난 원주민들은 게으르고 지능이 떨어질 수밖에 없고 생식기도 작았다는 주장은 당대 최고 자연학자의 주장이라 믿기 힘들지만, 그 논리만은 일관성이 있었다. 유럽에서 미국으로 이주한 사람들도 미국에 오래 살다 보면 환경의 영향을 받아 퇴행적인 모습을 보인다는 드 파우의 주장을 추종하는 사람들까지 생겼다.

미국에서는 뷔퐁이나 드 파우 같은 학자들이 만들어낸 18세기 미국론을 주로 반미주의Anti-Americanism의 시작이라고 본다. 신대륙은 열등하고 미국은 결국 망할 나라라는 생각에 유럽을 중심으로 세상을 이해하는 식민주의적 세계관이 반영된 것은 분명하다. 뷔퐁은 과학만을 근거로 삼았다고 생각했지만, 훗날 자신의 미국론이 틀렸다고 고백했다. 여기서 반미주의의 역사와 사상적 배경을 다룰 수는 없지만, 반미주의라는 개념이 미국을 이해하는 데 중요한 것만은 사실이다. 하지만 그 개념의 역사적 실체는 모호한 면이 있다. 시대나 사안에 따르는 '반미'는 언제나 있을 수 있지만 '반미주의'라 지칭할 만한 이념의 역사가 실제 미국 밖에 있었는지는 의문이기 때문이다. 오히려 반미주의라는 개념은 미국 내에서 만들어진, 미국의 선민의식과 연관이 있어 보인다. 특별한 선택을 받았다는 입장은 그렇지 못한 사람들과의 대립 속에서만 의미를 지니기 때문에, 선민의식을 고수하려면 이를 부정하는 세력이 있어야 한다. 미국을 적대시하는 세력들이 왕권주의, 공산주의, 테러리즘 등 이념의 탈을 쓰고 도사리고 있다는 인식은 미국 역사 전반에 걸쳐 드러나는 것이지만, 이를 반미주의라는 용어로 묶는 행태는 20세기에 시작되었다.

반미주의의 원조라 불리는 이들의 대척에는 두 부류의 사람들이 있다. 18세기 유럽의 부정적인 미국 혹은 아메리카 이해에 반대했던 이들로 미국의 학자들과 남미의 가톨릭 성직자들이었다. 제퍼슨이나 그와 함께 건국에 앞장섰던 제임스 매디슨James Madison 또는 제임스 먼로James Monroe 같은 인물들이 건국의 이념과 백인들의 자유와 권리를 지키고자 했다면, 남미에는 17세기부터 원주민 학살을 막으려고 노력한 예수회 신부들의 전통을 이어받은 클라비헤로Francisco Javier Clavijero 신부와 같은 이들이 있었다. 그는 멕시코 원주민들의 인간적 존엄성과 그들이 만든 문명의 명예를 지키고자 했다. 두 부류의 사람들 모두 계몽주의 사상에 익숙했고, 부정적인 아메리카론에 맞서 이성적인 판단을 추구했으며 또 같은 판단력을 상대에게 요구했다. 제퍼슨은 뷔퐁의 논리를 정치적인 것으로 공격하지 않았고, 다만 자신의 경험과 관찰을 언급하며 뷔퐁의 주장이 이치에 맞지 않는다는 주장을 폈다. 클라비헤로 역시 드 파우와 같은 유럽의 학자들의 무지를 이성의 차원에서 나무랐다. 18세기 유럽의 학문을 유럽 중심주의나 식민주의 또는 제국주의의 산물로 읽는 건 정당하고 옳을 수도 있지만, 그러한 독법은 의심과 해석과 이데올로기에 익숙한 20세기 학문의 산물이다.

신대륙 발견의 충격과 신학적 설명

그렇다면 유럽인들은 왜 신대륙에 대해 학문적인 관심을 갖게 되었을까? 그 관심은 영토 확장과 식민지 지배의 욕구만으로 설명되지 않는다. 그 관심은 유럽의 정체성과 역사의식과 실존의 차원까지 포함하는 것으로, 그 기원은 1492년 신대륙 발견에서 출발한다. 당시 유럽은 성경에 기초한 지리와 역사에 대한 확신이 있었기 때문에, 새로운 대륙이 발견됐다는 사실만으로도 큰 충격을 받았을 것이다. 하지만 그 땅엔 인간이라고 인정할 수밖에 없는 생명체들까지 살고 있었다. 신대륙이 어떻게 생겨났고, 인간들이 어떻게 그곳에 살게 되었는지에 대한 궁금증은 실존적 고민으로 발전했다. 신학에 의존한 유럽의 세계관 속에 새로운 세상이란 있을 수 없었기 때문이다. 유럽의 신대륙 발견의 충격은 수많은 신학과 신화 그리고 철학과 과학의 상상과 해석을 낳았고, 신대륙은 근대 유럽의 정체성 형성에 절대적인 영향을 끼쳤다. 계몽과 이성의 시대라 불렸던 18세기까지도 그 논쟁은 끝나지 않았다. 데카르트와 코페르니쿠스가 대표하는 근대 유럽의 혁명적 사고의 전환은 그 충격이 만든 결과라 말할 수 있다.

신학적 차원에서는 신대륙 발견의 충격을 이렇게 간략히 설명할 수 있다. 서구 기독교에서 진리의 시간은 언제나 과거형이었고, 하늘 아래 새로운 것은 없었다. 성경에 기록되지 않은 역사는 있을 수 없었다. 그렇다고 새로운 것을 성경에서 수용하지 못하는 것은 아니다. 그건 온전히 신의 영역, 계시의 영역, 즉 묵시록의 영역이었다. 신대륙을 설명하기 위해 가장 많이 노력한 사람들은 당연히 신학자들이었다. 많은 유럽인들은 교회에서 설명해주지 못했던 신대륙에 대한 이해를 중세의 예언서들에서 찾았고, 마침내 묵시록의 상상력을 동원해 '새로움Novum'을 이해하기 시작했다. 묵시록은 완전히 새로운 시대를 예고했다. 새로운 시대는 과거의 법칙들이 와해되는 시간이었고 새로운 방법, 새로운 실험, 새로운 가치들이 등장하는 시간이었다. 교권이 억제할 수 없는 상상력과 새로운 지식의 시대가 열리기 시작했다. 17세기 자연과학이 그 산물이었고, 유토피아라는 개념과 그에 대한 열망이 종말론적 묵시록과 함께 등장했다.

16세기 유럽의 지식인들과 성직자들 사이에서는 신대륙의 원주민들, 곧 이 '새로운' 인간을 어떻게 이해하고 분류해야 할지를 두고 논란이 일었다. 그 시작은 원주민들을 직접 목격한 스페인의 선교사를 중심으로 중세의 전통적인 존재의 구분법신과 천사와 인간 그리고 동물과 식물에서 원주민이 어디에 속하는지에 대한 물음이었다. 원주민들도 유럽인과 같은 인간이라는 사실을 받아들이게 된 이후에도 그들이 미개하고 야만적이라는 생각은 변하지 않았다. 초기에는 그 이유를 마귀의 영향을 받았기 때문이라고 생각했지만, 계몽의 시대에 접어들면서 더 설득력 있는 답이 필요했다. 뷔퐁의 주장에서 보았듯, 18세기에 등장한 유력한 설은 그 차이가 기후와 토양 때문이라는 것이었다. 실제로 지역이 다른 사람들의 기질과 성향은 차이가 나고, 그 원인을 토양과 기후의 조건 속에서 결정된 것이라 믿는 사람들은 아직도 많다. 환경이 사람의 성향을 결정짓는다는 생각은 사실 역사가 오래지만, 서양에서는 기독교 신학의 영향력이 쇠퇴하면서 등장한 세상의 자연적이고 과학적인 이해의 일부였다. 따라서 뷔퐁과 같은 학자가 발전시킨 '자연사Natural History'라는 개념은 당시 신학의 입장에서는 모순적인 것이었지만, 지구의 역사를 지질학이라는 과학의 힘으로 설명한다는 논리에 힘입어 소수의 유럽인들에게나마 받아들여질 수 있었다. 그러나 미국의 습함과 퇴행에 대한 뷔퐁의 논리가 틀렸다는 제퍼슨의 주장 역시도 논리적인 근거가 있었다. 미국이 습하지 않을뿐더러 그렇다고 해도 습한 것과 열등하고 퇴행적인 것은 어떤 연관이 있는지 되물었던 것이다.

신대륙이 습한 건 대홍수 때문?

뷔퐁은 왜 신대륙의 습도가 높다고 생각했을까? 그 이유를 그는 신대륙에 발생한 큰 홍수에서 찾았다. 서양 사람들이 알고 있던 세상을 바꾸고 역사를 새롭게 시작하게 만든 홍수는 단 하나, 곧 '노아의 홍수'였다. 그러나 뷔퐁이 언급한 홍수는 노아의 홍수가 아니었다. 왜냐하면 노아의 이야기는 성경에 기록되어 있었고, 그 이후 인류의 역사는 이미 성경에서 기록되고 서양에서 물려받은 역사밖에는 없다고 생각했기 때문이다. 신대륙의 존재를 설명하기 위해선 또 다른 홍수가 있어야 했고, 뷔퐁은 신대륙에 제2의 대홍수가 있었다고 믿었다. 오래전 바다와 육지의 경계는 지금과 달랐고, 육지의 지층에 바다의 흔적이 있다는 사실은 뷔퐁도 알고 있었기 때문에 그의 이론이 완전히 틀린 건 아니었다. 하지만 여기서 주목하고자 하는 건 '대홍수'라는 개념이다. 홍수로 세상이 새롭게 되었다는, 서구 역사에서 매우 익숙한 개념으로 신대륙을 설명하려 했다는 점에서 18세기 과학과 신학이 모호하게 연결된 모습을 엿볼 수 있다. 결국 그 홍수 때문에 신대륙의 기온이 습하게 되었고, 그 때문에 미주의 땅과 정신이 퇴행하기 시작했다는 주장이다.

신대륙에 사람들이 살게 된 연유에 대한 많은 가설이 지금까지도 존재하지만, 근대 초기에 성경의 권위를 훼손하지 않는 설명이 하나 등장했다. 16세기 초 스페인 출신 성직자로 남미에서 선교사로 있으면서 원주민들의 인간성을 증언하고 스페인 군인들의 참혹한 학살을 고발했던 라스카사스Bartolomé de Las Casas가 제시한 설이다. 원주민들이 구약시대 이스라엘 민족의 12지파 중 역사에서 사라졌다는 10개 지파에 속한다는 주장이었다. 따라서 그들을 인간적으로 다뤄 기독교로 개종시킨다면, 이는 예수가 재림하는 마지막 날을 예비하는 길이자 서구 세계가 구원받는 길이었다. 라스카사스는 원주민들의 언어와 관습에 구약시대 유대인들의 흔적이 남아 있다고 믿었으며 이를 증명할 수 있다고 주장했다. 이후 남미의 스페인 선교사들은 라사카사스를 따라 이 이론을 유럽에 소개했고, 미국의 백인들 중에서도 이를 믿는 사람들이 생겼다. 그의 이론은 유럽의 편리를 위해 만들어진 황당한 식민주의 이론이지만, 이를 통해 원주민들은 학살의 대상이 아니라 개종의 대상으로 전환하는 논리를 제공했다는 점도 간과할 수 없다. 신대륙과 원주민들의 발견은 그에게 예언의 완성, 곧 새로운 하늘과 땅에 대한 계시가 이루어지는 종말론적 사건이었다. 그 계시와 구원의 드라마는 원주민들이 있어야 완성될 수 있었다.

라스카사스의 이론이 맡았던 또 다른 중요한 역할은 신대륙에 살고 있던 새로운 인간들의 존재를 유럽의 세계관 속에서 설명이 가능하도록 만든 것이다. 이후에도 이스라엘 민족의 사라진 지파라는 논리는 유럽의 지식체계 밖에 있던 아프리카나 아시아 사람들의 존재를 유럽의 입장에서 설명해주는 유용한 이론으로 쓰였다. 하다못해 이스라엘의 사라진 지파에 하나가 일본인이라는 설이 비교적 최근에 책으로 나올 정도로 쉽게 사라지지 않는 매력적인 이론이었다. 청교도들이 미국 땅에 첫발을 내딛기 이미 100년 전에 미국의 종말론적인 사명을 거론했다는 점에서 라스카사스의 논리는 흥미롭지 않을 수 없다.

공룡의 상상력

1950년대 미국에 고속도로 건설이 본격적으로 시작될 때까지 시카고에서 제일 중요한 도로는 미시간 호수를 옆에 끼고 도심을 남북으로 가르는 레이크쇼어Lake Shore라는 길이었다. 1990년대 재공사를 하기 전까지, 그 도로를 타고 도심을 지날 때면 한 박물관을 정면으로 보고 달리다 그 건물을 우회해서 지나가게 돼 있었다. 마치 그 웅장하고 고전적인 건물을 바라보면서 경의를 표하고 그 상징적인 의미를 되새기도록 요구받는 느낌을 받게 했다. 그 건물은 자연사 박물관이다. 제퍼슨과 무스의 사례에서 잠시 살펴보았듯, 자연의 역사라는 개념이 등장하고 발전하게 되는 과정도 매우 흥미롭지만, 미국에 있는 크고 작은 수백 개의 자연사 박물관에서 상상하기 힘들 정도로 오래된 과거의 흔적을 보존하기 위해 기울이는 투자와 노력에 감탄하지 않을 수 없다. 필드 박물관The Field Museum이라 불리는 시카고의 자연사 박물관에서 가장 유명한 전시물은 단연코 '수Sue'라는 이름의 공룡이다. 13

미국의 묵시록

미터의 몸길이에 현재까지 발견된 공룡 가운데 가장 크고 많은 뼈가 남아 있는 티라노사우루스T-Rex라 한다. 인기가 많아 다른 나라에 대여되기도 한다.

몇 천만 년 전에 살았다는 동물에 대해 현대인들이 갖는 관심은 합리적이라 하기엔 너무 과하다. 화석이 된 공룡의 뼛조각을 근거로 생겨난 공룡 산업은 영화에서 박물관 그리고 관광 상품에 이르기까지 매우 규모가 크다. 미국의 여러 주는 그 주의 공식 공룡까지 지정하고, 모든 주들은 공식 화석을 갖고 있다. 일례로 일리노이주는 털리 몬스터Tully Monster라는 3천만 년 전에 살았다는 해조류 동물의 화석이다. 동물 화석에 대한 환상적인 애착, 그 긴 시간의 거리를 애써 무시하고 인간과 가까운 것으로 이해하고 싶어 하는 의지를 어떻게 설명할까? 지구의 역사를 알고자 하는 탐구 정신으로는 설명이 부족하다. 최소한 문명의 무의식적인 부분까지 감안해야 설명이 충족될 것으로 보인다. 이 책의 관점에서는 화석화된 동물에 대한 애착과 그 속에서 인간의 어떤 모습을 발견하려는 의지를 '멸종'에 대한 관심으로 설명할 수 있다고 생각한다. 그렇다면 공룡에 대한 관심은 공룡이 멸종했다는 데에서 출발했고, 더 나아가 멸종한 공룡의 뼈를 발굴해 전시하고 또 찾아가 이를 확인하고 증언하려는 현상을 종말론의 종교적 의식으로 이해할 수 있다.

화석의 발견과 멸종에 대한 물음

서구 사상사에서 화석의 의미는 매우 흥미롭다. 어떤 의미에서 화석의 존재는 코페르니쿠스의 지동설보다 기독교 세계관에 더 큰 충격을 가져왔다고 할 수 있다. 17세기에 발견된 화석은 지구과학 발전의 동기가 됐다. 하지만 화석은 성경을 역사책으로 보던 시각에 큰 도전을 의미했고 인간이라는 존재의 자존감에 큰 상처를 입혔다. 코페르니쿠스보다 다윈이 서구 역사에서 더 큰 논란의 대상이었다는 사실이 이를 증명한다.

화석의 의미는 그 동물이 멸종했다는 것에서 출발한다. 멸종이라는 개념은 18세기 이전까지 존재하지 않았다. 멸종이 인간의 세상 인식에 등장하면서 삶에서 죽음으로 이어지는 생명의 연속성에 대한 근원적인 믿음에 의문이 들기 시작했다. 예전에 살았던 동물 중에 지금은 멸망해서 사라진 동물의 종이 있다는 사실은 신의 계획에 따라 창조된 세상에 대한 믿음에 역행하는 것이었다. 신이 의도를 갖고 세상을 창조했다면 그 세상의 일부인 동물이 세상에서 사라진다는 건 믿을 수 없는 주장이었다. 창조 질서에 대한 믿음도 문제였지만 멸종이 가져다준 또 다른 문제는 종말에 대한 이해에 있었다. 기존의 종말론은 신의 뜻 안에서 역사가 끝나면서 세상의 종말이 온다는 것이었으나, 멸종으로 종말이 올 수 있다는 사실은 세상의 끝이 한 번만 있는 게 아닐 수 있다는 다중적이고 복합적인 종말론을 뜻하는 것이었다. 특히 18세기에 등장한 세상에 존재했던 동식물 중 절대다수가 이미 멸종했다는 연구 결과는 신과 창조물의 관계 그리고 신과 인간의 관계를 새롭게 이해하게 하였다. 인간의 끝을 멸종이라는 개념으로 생각하고 인간의 본질을 새로운 눈으로 바라볼 수 있는 여지가 생겼기 때문이었다.

따라서 멸종을 설명하는 일은 이후 많은 학자들이 풀려고 했던 오랜 숙제였지만 그 의미는 지구 역사의 이해나 지질학의 범주를 넘는 신학적이고 문화적인 이유가 있었다. 종말론에 대한 관심과 세상에서 인간이 갖는 의미를 찾는 관심이 반영된 것이었다. 멸종에 대한 근거를 처음 제시한 조르주 퀴비에Georges Cuvier, 1769~1832는 멸종의 이유로 홍수를 포함한 어떤 커다란 재난이 지구를 덮쳤을 가능성을 제시했다. 다윈의 진화론도 멸종의 원인을 제공하는 이론이었다. 퀴비에의 재난설을 거부한 다윈은 적자생존과 자연선택 등의 논리로 적응력이 떨어지는 종이 자연적으로 도태된다는 설명을 했다. 특히 다윈은 멸종하지 않은 동물도 진화를 통해 변하는 세상에 적응해간다는 이론을 펼치면서 인간의 존재 역시도 상대적이고 우연적일 수 있다는 충격적인 가능성을 제기했다. 인간이 특별한 존재가 아닐 수 있다는 주장의 충격은 기독교 신앙에만 가해진 게 아니었다. 멸종과 멸망이 신의 주권과 권한 속에서 이루어지는 게 아니라 지구라는 행성의 내적인 구성 논리에 의한 것이라는 인식은 재난 묵시록의 보편화로 나타났다. 종말의 묵시록이 종교인들만의 세계관이 아니라 소설과 영화와 같은 대중 매체를 통해 일반적인 세상 이해가 되는 길이 열린 것이다.

18세기와 19세기에 멸종의 가능성이 신의 불완전함을 의미하고 창조 질서에 어긋난다고 믿었던 사람들은 그 논리를 적극적으로 비판했다. 멸종에 대한 언급 없이 창조의 목적설을 주장하는 경우도 있었고, 멸종이라는 게 원래부터 없었기 때문에 공룡과 인간이 공존했던 시대가 있었다는 논리도 등장했으며, 멸종되어 사라진 동물들이 언젠가 다시 나타날 것이라는 입장을 펼친 사람도 있었다. 멸종을 설명한 다윈의 진화론은 19세기 미국에서 무신론의 원형으로 또 사탄의 이론으로 비판받고 근본주의가 형성되는 한 요인이 되었다. 지금도 멸종과 창조 질서가 병행할 수 없다고 믿는 사람들은 많다. 하지만 이런 논의들의 실제적인 주제는 종말론이다. 성서적이라는 종말론과 다른 종말의 가능성은 이론적으로 충돌할 수 있지만, 이를 통해 드러나는 건 서구 사상사에서 종말론이 그만큼 중요하다는 사실일 수도 있다. 그 중요성은 오늘날 화석이 된 공룡의 뼈를 발굴해 모셔놓고 또 설치된 뼈를 보기 위해 몰려오는 사람들을 통해 확인할 수 있다. 그 현상은 생명이나 과학에 대한 관심이 아니라 종말에 대한 집념을 드러낸다. 최근 화석에서 DNA를 채취해 멸종된 동물을 다시 복원하려는 공상과학의 논의는 멸종이 번복될 수도 있다는 종말론의 새로운 해석이다.

참고문헌

제퍼슨과 무스의 일화를 중심으로 18세기 유럽의 자연사 연구와 미국 담론을 연구한 리 앨런 두가킨Lee Alan Dugatkin의 『제퍼슨과 무스: 건국 초기의 자연사Mr. Jefferson and the Giant Moose: Natural History in Early America』라는 책이 있다. 제퍼슨과 뷔퐁에 관한 일화도 자세하다. 『제퍼슨 사전The Jefferson Cyclopedia』1900은 다양한 주제에 대한 제퍼슨의 입장을 편집해 알파벳 순서대로 모아놓은 책인데, '기후'와 연관된 항목들을 참고했다. 18세기 이후 신대륙을 두고 벌어졌던 논쟁을 다룬 것으로 잘 알려진 책은 1955년 스페인어로 처음 출간된 안토넬로 게르비Antonello Gerbi의 『논쟁 신대륙: 격론의 역사, 1750~1900The Dispute of the New World: The History of a Polemic, 1750~1900』이다. 라스카사스가 신대륙 원주민들의 고난을 기록한 책은 『인디언 몰락에 관한 짧은 이야기A Short Account of the Destruction of the Indies』이다. 스페인의 남미 정복 역사를 유럽과 타자의 만남이라는 개념으로 이론화한 대표 저술은 츠베탕 토도로프Tzvetan Todorov의 『아메리카의 정복The Conquest of America』이다. 일본인이 이스라엘의 사라진 지파 가운데 하나라는 설은 책은 조지프 아이델베르그Joseph Eidelberg의 『일본인과 사라진 십지파The Japanese and the Ten Lost Tribes of Israel』에 실려 있다.

헤겔의 미국

미국이 이념의 나라이고, 이념은 철학의 대상이 된다는 사실은 19세기 독일의 철학자 헤겔을 통해 잘 드러난다. 미국에 대한 헤겔의 언급은 주로 그의 『역사철학강의』에 나온다. 18세기 뷔퐁과 드 파우는 신대륙과 미국에 대해 잘못된 이해를 갖고 있었지만, 그들의 이해는 19세기 유럽에서도 근거 있는 이론으로 널리 퍼져 있었고 그 영향은 헤겔에게도 미쳤다. 헤겔의 철학에서 미국이 중요하다고 할 수는 없지만, 그의 역사철학의 단면을 이해하는 데 도움은 된다. 『역사철학강의』는 헤겔의 저술 중에서 비교적 이해하기 쉽고, 그에게 가장 중요했던 '역사'라는 개념이 그 책에선 (비교적 추상적이지 않고) 실제 사람들이 사는 땅과 관련지어 설명되어 있다. 헤겔의 편견과 숨은 의도를 파악하기에 용의

한 면이 있어서 오랜 시간 헤겔 철학의 입문서로 여겨져왔다. 여기서 그 책 앞부분 「역사의 지리적 바탕」이라는 장에 나오는 미국에 대한 언급만 살펴보도록 하자. 하지만 대상이 헤겔이기에 그의 철학을 미국의 상황과 연결짓는 배경설명이 빠질 수 없다.

헤겔은 19세기 유럽에서 가장 중요한 철학자이지만 제국주의, 전체주의, 민족주의, 인종주의 등을 옹호하는 철학을 했다는 비판을 동시에 받는다. 그러나 헤겔 이후의 서양 철학은 모두 헤겔과의 대화 속에서 나왔다. 사회적인 관계를 앞세우는 다양한 맑스주의 전통의 철학에서부터 인간의 개인적인 차원을 다루는 실존주의까지 헤겔을 싫어할 수는 있어도 헤겔의 영향에서 벗어나긴 어렵다. 미국 실용주의 철학의 전통을 세운 듀이와 퍼스도 마찬가지였다. 최근에는 1989년 이후 동구권의 몰락으로 이념의 역사가 끝났다는 논쟁이 불거지면서 학자들만이 아니라 언론에서까지 헤겔이 다시 회자되었다. 자본주의 세계화의 등장과 함께 부쩍 늘어난 역사의 종말이나 종말론의 역사 이해에 대한 연구에서도 헤겔의 철학은 빠지지 않았다. 19세기의 신학에서 보자면 헤겔이 없는 성서학을 생각할 수 없고, 기독교 신학의 최대 난제였던 성부와 성자의 관계 즉 하나님이 어떻게 인간이 되었는가 하는 문제에 대한 가장 구체적이고 설득력 있는 답을 제시해준 사람도 내 생각엔 헤겔이었다.

이러한 헤겔의 철학에서 미국이 중요했다고 할 수는 없다. 그러나 헤겔의 철학이 역사의 철학이고, 그 철학에서 역사는 이미 완성된 종착점에 다다른 상태였기 때문에 갑작스럽게 유럽의 의식 속에 등장한 신대륙이 그의 철학에 영향을 미치지 않을 수 있었을까 하는 문제의식을 갖게 된다. 헤겔의 역사철학의 중요한 부분을 먼저 살펴보자.

미국이라는 난제

헤겔 철학의 가장 큰 공헌은 그의 역사철학에 있었다. 하지만 역사철학이라는 말 자체는 모순적인 면이 있다. 철학은 합리적인 전체의 통합성을 추구하는 것인데, 역사는 비합리적인 우연과 일시적이고 단편적인 사건들의 연속이 아닌가. 헤겔은 철학이 역사의 시간을 다루려면 그 내용이 합리적이어야 한다고 믿었고, 또 역사의 본질이 실제로 그런 것이라 주장했다. 그 의미는 역사가 합리적인 이성에 의해 움직이고 있고, 이를 증명하는 건 신학이 아니라 철학의 역할이라는 말이기도 했다. 그의 유명한 변증법은 역사의 합리성을 논증하기 위한 수단이었다. 헤겔에게 역사는 합리적일 뿐만 아니라 발전하고 완성과 종말을 향해 나아간다. 역사에 끝이 있다는 가정이 어떻게 (신학이 아니라) 철학의 가정일 수 있을까. 여기서 '절대'라는 개념이 등장한다. 철학이 다루는 합리적인 이성은 상대적인 우연에 시달리지 않는 절대적인 것이어야 한다. 현대에서 용납되지 않는 용어이지만, 헤겔에게 '절대Absolute'라는 게 없으면 신학과 철학은 일상의 혼란 속에서 표류하게 된다.

역사가 합리적이라는 말은 절대적인 것을 향해 나아간다는 말과 같다. 역사 속에서의 이성이 바로 그 유명한 헤겔의 정신이다. 역사는 '정신'이 스스로의 절대성을 찾아나가는 정신의 역사였다. 헤겔에게 역사의 출발은 정신이었고, 또 역사의 끝은 정신이 절대적인 자기의식을 회복했을 때 이루어지는 것이었다. 헤겔은 자신의 시대가 바로 그 역사의 종말의 시대로 이해했다. 다만 헤겔이 구체적으로 역사의 끝과 자신의 철학이 어떤 연관이 있다고 생각했는지에 대해서는 해석이 분분하다.(역사의 종말이라는 표현도 헤겔이 아니라 헤겔의 역사철학 해석으로 유명했던 알렉산드르 코제브Alexander Kojeve와 니체 같은 이들의 해석이었지만 헤겔의 개념으로 흔히 쓰이고 있다.)

헤겔에게 역사가 정신으로 시작한다는 말은 역사가 자연을 극복한 상태에서 시작한다는 것을 의미했다. 헤겔이 왜 자연과 역사를 구분하고 세상의 역사를 자연을 극복한 정신의 역사로 이해했는지에 대한 설명은 『역사철학강의』 서론에 나온다. 그의 입장은 18세기 계몽주의 학자들이 "유행"처럼 추구했던 자연 속에서 이성을 찾고 신을 찾는 경향을 반대하는 것이었다. 헤겔에게 그보다 더 중요한 작업은 보편적인 인간의 역사에서 신을 찾는 것이었다. 역사의 선악과 굴곡진 모습을 합리적인 이성으로 설명하여 악의 문제가 신의 섭리에 어긋나지 않는다는 사실을 알리고 싶었다. 헤겔은 이 사실을 증명하는 길을 역사 속에서 활동하면서 화해와 통합으로 갈등의 역사를 치유하는 정신을 보여주는 것이라 생각했다. 대신 자연은 새로운 것이 없는 시간의 반복이었기 때문에 거기에 역사가 있을 수 없었다. 그렇다고 인간의 모든 시간이 헤겔의 역사에 속하는 것도 아니었다. 정신은 모든 민족의 삶 속에서 동일하게 존재하고 활동하지 않기 때문이었다. 헤겔의 역사는 정신으로 시작하지만, 그 정신의 활동은 국가라는 제도를 통해 드러났다. 또 국가는 뛰어난 인물헤겔의 표현에 의하면 '세계사적인 인물'들에 의해 이끌어지기 때문에, 유럽처럼 정신이 올바른 궤도에서 자신을 찾아가는 지역이 있는가 하면, 정신이 자신으로부터 소외된 상태에 있기에 역사의 발전이 더디고 이성과는 거리가 먼 삶을 사는 민족도 있으며, 집단으로 모여만 살 뿐 역사 이전prehistory의 자연과 같은 단계에 머물러 있는 집단도 있었다. 예컨대 원시인이라 불리는 사람들은 역사의 단계에 이르지 못했다. 의식의 수준이 합리성에 이르지 못하는 야만의 시대가 지나야만 역사가 시작할 수 있다고 본 것이다. 그 역사는 정신을 통해 발전하고, 현재는 과거보다 더 성숙한 정신의 모습을 보여주기 때문에, 과거는 현재를 통해 명확하게 알 수 있었다. 헤겔에게 정신의 역사는 유럽과 그 이전 그리스와 로마의 문명에서 제대로 발전을 이루었고, 자신이 살았던 19세기 유럽에서 자신의 역사 이해를 통해 완성된다고 파악했다. 그 정신의 원리는 자유였고, 유독 서구의 역사 속에서만 자유의 개념이 발전했다는 헤겔의 입장은 19세기 유럽이라는 그의 시대적 한계를 말해주기도 한다. 이 역사는 이제 끝이 났기에 모든 역사는 과거형이다. 헤겔의 철학이 닫힌 구조를 갖고 있다거나 전체주의적이라 비판받는 이유는 그의 역사철학에 과거의 역사와 그 역사가 끝나는 현재만 있을 뿐, 내일이나 미래가 없기 때문이다.

여기서 헤겔은 미국이라는 난제를 만난다. 신대륙이라는 미국을 그의 역사철학으로 설명하기가 쉽지 않았기 때문이다. 역사는 과거와 과거를 품은 현재밖에 없고, 철학은 과거도 미래도 아닌 영원한 현재에만 관심이 있었다. 따라서 헤겔은 미래에 대한 관심이 없었다. 하지만 그는 미국을 '미래의 땅'이라 불렀다. 미국이 미래의 세상을 주도할 것이라는 의미가 아니었다. 헤겔의 역사관에서 미국은 과거도 아니고 현재도 아니었기 때문에 미래

묵시록의 시선

라고 할 수밖에 없었다. 그 이유가 재미있다. 헤겔에게 신대륙이
라는 개념은 단지 새롭게 발견된 대륙이라는 의미만 있는 게 아
니었다. 그는 신대륙 자체가 유럽보다 지질학적으로 나이가 어
리다 믿었고, 그 때문에 미국의 모든 것을 미성숙한 것으로 이해
했다. 미국의 땅과 동식물만이 아니라 그 땅에 사는 원주민들도
그렇다고 보았다. 모든 게 작고 약했다. 동식물들은 맛이 없었고,
원주민들은 유럽인들이 등장하자마자 그 모습에 기가 눌려 몰락
하기 시작했다. 미국은 지리적인 땅일 뿐 정신의 역사에 이르지
못할 곳이었다. 당시 의견이 갈렸던 미국의 경제나 민주적인 제
도는 성숙하지 못한 유럽의 그림자에 불과했다. 미국은 역사 정
신의 무대인 국가를 온전히 이루지 못했다. 왕정체제를 선호했
던 헤겔에게 미국의 민주주의는 성숙하지 못한 시민들의 망상적
실험에 불과했던 것이다.

여기서 헤겔이 제시했던 성숙한 국가가 되기 위한 조건이 매
우 특이하다. 개척할 땅이 풍부하지 않아 농민들이 도심으로 몰
려가야 했고, 그곳에서 계층 간의 구분이 첨예화되어 긴장 상태
가 조성되어야 했다. 다시 말해 인구밀도가 높은 지역이 만들어
내는 불협화음과 긴장 가운데서 정신이 살아나 (헤겔 식의) 역사
가 시작된다는 의미였다. 인간이 자연의 삶을 영위할 수 없고, 경
작할 땅이 부족하고, 계층 간의 긴장이 고조됐을 때 정신의 역사

가 궤도에 오른다면, 헤겔의 철학이 19세기 유럽의 자본주의와 부르주아 자유주의 체제의 태동과 연관이 있다는 의심은 정당한 것이다.

미래의 땅

'미래의 땅'이라는 표현을 생각해보자. 역사는 현재로 끝났기 때문에 더 발전된 기술과 이념과 문명의 미래는 없었다. 역사의 미래란 없었고 미래는 역사의 일부가 아니기 때문에 헤겔은 미국을 '미래의 땅'이라고 부를 수밖에 없었을지도 모른다. 땅은 역사 이전의 상태다. 여기서 헤겔이 말하지 않은 묵시록의 미국을 생각해볼 수 있다. 현대 포스트 묵시록 장르의 영화나 소설은 멸망한 세상의 미래를 주로 땅과 흙의 상태로 표현한다. 대재앙의 사건으로 세상의 역사가 끝난 인류의 미래를 잿빛 하늘과 땅, 불모의 사막으로 표현하는 영화들이 있다. 미래를 화려한 문명이나 낙원이 아니라 죽은 땅이 다시 살아나 자연이 회복되고 다시 시작하기를 기다리는 시간으로 간주하는 것도 대중문화의 흔한 주제 설정이다. 헤겔은 미국의 미래를 잘못 이해했지만, 그의 논리 즉 역사가 끝난 이후는 역사 이전의 자연 곧 땅의 시대로밖에 생각할 수 없다는 논리는 중요한 의미를 지닌다. 미국은 20세기 서구 문명의 중심이 되었고, 세계사적인 국가가 됐지만 그 힘은 역사를 끝낼 각오와 힘, 곧 종말론의 의지에서 출발한다고 할 수 있다. 헤겔은 자신이 그런 미래에 관심이 없다고 했지만, 인류에게 남은 미래가 그런 미래밖에 없다고 생각하는 사람은 지금도 많다.

헤겔은 인류의 미래를 제대로 예측하지 못하는 실수를 범했지만, 그의 과오가 메시아주의나 그와 상응하는 앞으로 다가올 무엇인가를 논하는 철학보다 심한 것인지는 알 수 없다. 미래가 다가올 내일이 아니라 모든 문명과 문명의 의미가 파괴된 땅과 자연으로의 회귀라면 그의 철학은 19세기가 아니라 21세기의 상상력에 더 적합한 진단이었는지도 모른다. 19세기의 철학자로서 헤겔의 문제는 전체성, 통합성, 절대성을 표방하는 타협 없는 철학의 교리적인 확신에 빠졌고 또 이를 옹호하고 지켜내려 했던 데 있었다. 모든 의미 있는 것들을 절대적인 교리의 철학으로 통합시켜 신학과 예술을 포괄하는 철학을 꿈꿨던 헤겔의 자만심도 한몫했다.

헤겔은 분명히 자신의 철학이 역사의 끝에 서 있다고 생각했지만, 그 끝의 시간이 앞으로도 더 지속되는 걸 부정하진 않았던 것으로 보인다. 그렇다면 역사가 끝난 상태는 어떤 것일까. 철학이 미래에는 관심이 없고 현재적이고 영구적인 것에만 관심이 있다면 절대와 보편을 성취한 헤겔의 철학과 유럽 역사의 영광은 계속되는 것일까? 역사는 더 이상 진보하지 않고 이제 남은 건 유럽 밖의 깨달음이 늦고 진화가 더딘 국가들이 유럽을 서서히 따라오는 것뿐이라면, 그건 미래가 아니라 유럽 역사의 현재가 진행 중인 상태를 말한다. 전쟁을 예로 들자면, 한쪽의 절대적인 우세로 대세가 이미 기울었고 승전이 이미 선포된 상태지만 작은 전투는 계속되는 상황이 비슷한 경우일 수 있다.

헤겔은 마지막 전쟁이나 묵시록의 사건을 말하지 않았다.(다만 헤겔은 프랑스혁명이 공포의 테러 체제로 변하는 과정을 묵시록으로 이해했을 수 있고, 자신이 좋아했던 나폴레옹이 예나Jena에서 승리하는 것을 보고 이를 역사를 바꾸는 마지막 전쟁이라 생각했을 수는 있다.) 미래의 예언은 철학이나 역사철학의 몫이 아니기 때문이었다. 그렇다고 헤겔에게서 묵시록을 읽는 게 불가능한 것은 아니다. 역사가 완성되고 끝이 난다는 생각은 모든 종말론의 본질에 속한다. 헤겔이 철학을 역사의 끝에서 영원한 것을 다루는 학문이라고 보았다면, 그 철학은 재림이나 천년왕국이나 최후의 심판과 같은 개념들을 쓰지 않더라도 묵시록의 학문이 될 수밖에 없다. 역사가 그 목적을 성취했기 때문에 만약 미래가 있더라도 퇴보적인 의미밖에는 가질 수 없다는 그의 생각에서 묵시록을 충분히 읽을 수 있다.

묵시록의 시선

헤겔에게 신대륙은 귀찮은 존재였다. 이제 역사가 완성되는 마지막 시점에서 그 발전과 전개의 의미를 합리적으로 설명하려는 자기 논리의 선명함을 퇴색시키는 성가신 땅이었다. 귀찮은 것은 생각하기 싫은 법이다. 헤겔은 신대륙을 생각과 사유의 영역 밖으로 몰아냈다. 그러나 헤겔에게 생각 밖의 영역이 있을 수 없다. 정신이 절대적인 자기의식으로 모든 것을 통합하고 녹여내고 이해한 시대가 열렸는데, 생각 밖에 무엇이 있다는 건 말이 안 된다. 그럼에도 정신으로 완성되는 헤겔의 역사는 현재에서 끝나고 이미 완성된 역사는 미래가 필요 없었다. 따라서 헤겔은 신대륙과 미국을 미래의 땅이라 선언했다. 여기서 미래가 절대적인 사유를 추구하는 철학의 영역 밖에 있고, 역사는 이미 끝난 것이라면 미래는 헤겔이 말했던 역사 이전의 상태가 아니라 당연히 역사 이후의 상태가 되어야 한다. 그렇다면 미국은 묵시록 이후의 땅이 되고, 19세기 유럽에 관한 헤겔의 진단과 선언은 묵시록이 된다.

참고문헌

헤겔의 『역사철학강의』 영어판은 온라인에서 쉽게 구할 수 있는 시브리Sibree 번역*The Philosophy of History*을 참고했다. 헤겔과 미국의 관계를 처음 내게 소개해준 글은 20세기 초 스페인의 철학자 호세 오르테가 이 가세트Jose Ortega y Gasset가 쓴 「헤겔과 미국 Hegel and America」이라는 글이었다. 그 후 비슷한 연구는 남미에서 해방철학을 추구하는 엔리케 두셀Enrique Dussel과 같은 이들이 제3세계의 입장에서 해왔다.

4

묵시록의 문화

시간 너머를
사유하다

핵폭탄 시대의 미술

잭슨 폴락

폴락과 케루악 그리고 비밥 재즈

20세기의 가장 큰 묵시록 사건은 히로시마의 핵폭탄이었다. 서양에서는 신이 아닌 인간이 중심이 되는 세상을 오랫동안 꿈꾸어왔지만, 그 의미가 세상을 끝낼 수 있는 힘까지 포함해야 한다는 사실은 알지 못했다. 히로시마의 핵폭탄 투하 이후 전개된 역사는 세상이 곧 파괴될 수 있다는 묵시록의 드라마였다. 냉전이라고도 불렸던 이 드라마는 세상의 종말이 이미 시작되었고 그 끝을 공포 속에서 기다려야만 하는 것이었다. 지금은 희미해진 기억일 수 있으나, 1980년대 후반 냉전 체제가 와해될 때까지의 역사를 핵폭탄의 묵시록과 씨름하는 시간이라고밖에 표현할 수 없다. 일상의 삶에서 학문과 예술까지 그 묵시록의 그림자는 길고도 뚜렷했다.

미국은 당연히 그 드라마의 주역이었다. 서구 역사에서 세상의 끝은 한때 공포의 전쟁과 지옥의 불꽃으로 형상화되었지만, 핵폭탄은 그 드라마의 끝이 인간이 만든 과학에 있음을 예고했다. 1945년 이후 1950년대 후반까지 미국에서 핵폭탄이 가져온 묵시록 시대의 본질과 그 시대를 견디고 살아나가는 방식을 예술로 표현한 세 사람이 있다. 비밥Bebop재즈의 찰리 파커Charlie Parker, 추상표현주의의 잭슨 폴락Jackson Pollack, 비트 세대 문학의 잭 케루악Jack Kerouac이었다.

그들의 작품 세계에서 묵시록을 읽는 건 다소 이견이 있을 수 있는 문제지만, 파커와 폴락과 케루악이 20세기 중반 미국에서 가장 창의적인 예술 작업을 했고 그들의 장르에서 새로운 전환을 이뤄냈다는 사실에는 논란이 있을 수 없다. 이들이 공유했던 공통적인 가치는 아마도 지금Now이라는 순간의 중요함과 즉흥적인 삶의 자세일 것이다. 시간이 미래의 완성을 위해 쌓여가는 게 아니라 다만 지금으로밖에는 존재하지 않는다는 직관적 판단을 그들의 작품에서 읽을 수 있다. 비트 세대의 '비트Beat'는 여기서 그 순간의 시간이었고, 폴락의 드립페인팅에서 드립Drip은 붓이 움직이는 시간의 흐름을 부정하는 것이었다. 폴락과 케루악은 그런 시간과 종말의 모티브를 재즈에서 찾았다. 특히 케루악과 비트 세대의 작가들에게 비밥은 그들을 위한 음악이었다.

『길 위에서』를 제대로 읽기 위해선 그 책에서 재즈의 리듬을 찾아야 한다. 1947년 주인공이 뉴욕에서 버스로 길을 떠나 도착한 곳은 당시 재즈의 블루스로 유명했던 시카고였다. 서부로 출발하기 전 시카고 다운타운에서 들은 비밥 재즈의 '빛의 소리'는 그의 여정을 위한 축도와도 같았다. 케루악은 찰리 파커에 대한 시를 썼을 정도로 그의 음악에 심취해 있었고, 자신의 글쓰기 이론을 재즈와 비교해 설명하기도 했다. 그의 글쓰기는 비밥의 즉흥적 창의성을 모방한 것이다. 비밥의 독주가들이 누린 시간과 호흡의 자유를 글에서 표현하고자 했고, 색소폰을 불듯이 이미지를 글로 묘사하기 원했다. 케루악은 또 자신의 글이 수정 없이 쉬지도 않고 써내려간 즉흥적인 산문이라는 인상을 남기려 했다. 따라서 케루악의 이러한 창작 스타일을 고려하지 않으면 그의 글을 피상적이고 깊이 없고 밋밋한 것으로밖에 읽을 수 없다. 프랜시스 코폴라 감독이 20년 넘게 그 책을 영화로 제작하려 했지만 흥행에 실패했던 이유는 케루악의 글에 담겨 있는 리듬감을 영상으로 담는 게 쉽지 않아서였고, 그 문제는 실제 영화에서 그대로 드러났다.

폴락 역시도 밤낮으로 재즈를 들을 만큼 심취해 있었다. 그 시대의 재즈 음악을 자신의 미술처럼 예외적이고 창의적인 예술이라 생각했다. 잭슨 폴락이 물감을 캔버스에 뿌려 남긴 점들과 불규칙적인 선은 즉흥적인 재즈의 선율과 닮았다. 그 선율의 시간은 이어지지 않는 시간, 지금밖에 기약할 수 없는 시간의 흔적들이었다. 폴락은 자신의 작품을 핵폭탄 시대의 미술로 이해했고, 그의 작품 이해는 음악적인 것이어야 한다는 말까지 남겼다.

드립페인팅에 담긴 핵폭탄의 시대

폴락은 케루악이 길을 나섰던 1947년 드립페인팅의 실험을 시작했고, 케루악의 책은 폴락이 사망한 다음 해인 1957년에 출간됐다. 1947년이라는 해가 우연일 수도 있지만, 냉전이라는 묵시록의 드라마가 시작하던 시기였고, 그들의 새로운 실험은 그 묵시록에 적응하고 또 저항하려는 몸부림이었다는 사실에서 우연이 아닌 필연의 가능성을 읽게 한다. 1947년은 또 시카고의 과학자들이 '지구 종말 시계Doomsday Clock'라는 걸 만들어 핵폭탄의 위기로 세상이 종말에 얼마나 가까이 와 있는지를 측정하기 시작한 해였다. 2016년 12월 말, 그 시계는 종말 3분 전을 가리키고 있다. 종말시계는 냉전 시대 이후 지금까지 우리가 묵시록의 시간을 살고 있음을 망각하지 못하도록 만드는 역할을 해왔다. 폴락은 1950년 한 인터뷰에서 그 시대의 화가는 과거의 방식으로 핵폭탄의 시대를 표현할 수 없다는 말을 했다. 새로운 시대엔 새로운 기법을 필요로 한다는 말로 자신의 드립페인팅 기법을 옹호한 것이다. 그렇다면 그의 작품이 핵폭탄의 시대를 어떻게 드러냈는지 파악하려는 노력은 당연한 것이다. 그 연관성을 찾을 수 있다는 게 나의 생각이다.

핵폭탄 투하로 잿더미가 된 히로시마의 도심을 공중에서 찍은 사진을 보면서 폴락의 작품을 떠올리는 것은 착시 현상일 수도 있다. 하지만 분명히 그렇게 보인다. 그의 드립페인팅 작품을 보면서 무엇을 보았다고 말해야 할까. 그의 작품에서 갈기갈기 찢겨져 어떤 분별력도 허락하지 않는 황폐한 공간을 읽을 수 있지만, 반대로 거기서 정제된 서예의 선율을 읽는 사람도 있다. 폴락이 1947년에 완성한 드립페인팅의 초기 작품 하나의 제목은 〈다섯 길 바닷속Full Fathom Five〉이다. 셰익스피어의 「템페스트」에서 등장하는 대사에서 따온 제목이었다. 풍랑으로 좌초한 배에서 익사한 아버지가 다섯 길 바닷속에 누워 있는데, 그 뼈는 산호로 변하고 눈은 진주가 되어버렸다는 처참한 광경을 묘사하는 대사다. 「템페스트」는 셰익스피어의 작품 가운데 유토피아와 종말론에 대한 상상력이 뚜렷이 드러나는 작품이다. 신대륙 발견이 제공한 유토피아에 대한 환상과 17세기 유럽의 종교와 정치가 영국에서 거대한 묵시록의 서사로 발전했던 역사가 그 배경에 있었다. 서양에 근대라는 시대를 열어준 이념은 유토피아와 묵시록이라는 같은 뿌리의 상상력이었다. 폴락이 그의 작품에 그런 제목을 붙인 이유는 「템페스트」의 묵시록 때문인지 아니면 그 작품이 바닷속 심연의 묵시록을 그렸다는 것인지 해석의 여지만 남길 뿐 명확하지는 않다.

폴락은 기존 회화의 캔버스보다 훨씬 큰 캔버스를 작업실 바닥에 펼쳐놓고 그 위에서 물감을 흘리듯 떨어트렸다. 눈높이의 이젤에 걸쳐진 캔버스에 붓을 든 손을 움직여 그린 그림과는 대상과의 관계에서 차이가 느껴진다. 눈높이에서 손을 내밀어 맺는 관계가 개인적인 친밀감을 나타낸다면, 위에서 아래를 바라보면서 맺는 관계는 전체적이고 지배적인 관계를 암시한다. 넓은 캔버스에 물감을 떨어트리기 위해서 폴락 자신도 그림의 일부가 되어 물감이 묻은 발자국을 남기기도 했다. 그의 드립페인팅에서 어떤 묵시록을 읽는다면 무리일까. 물감을 공중에서 떨어트리는 과정이 폭탄을 공중에서 투하하는 장면을 연상시키고, 완성된 작품이 폭탄처럼 투하된 물감의 방울들이 퍼지고 번져서 만들어진, 어떤 의미도 용납하지 않는 무엇이라는 사실에서 묵시록의 형상을 떠올리는 것은 어렵지 않은 상상이다. 화가가 그

미국의 묵시록

림 안에 있어야 했다는 사실은 캔버스가 컸다는 것만을 의미하지 않는다. 그것이 헤어 나올 수 없고, 객관적인 시각이나 관계가 불가능한 혼돈의 상태 그리고 파괴되고 분열된 전체의 상태를 의미한다면 그런 형태를 뜻하는 용어는 서구 사상에서 묵시록밖에 찾을 수 없다. 폴락에게 드립페인팅의 의미는 핵무기 시대 미술의 도구가 될 수 없었던 이젤과 붓의 죽음 위에 서서 그가 제공한 묵시록에 있다고 말할 수 있다.

묵시록의 벽지

폴락의 드립페인팅에서 묵시록을 읽어낸 이가 없지는 않다. 당대의 유명한 미술비평가 해럴드 로젠버그Harold Rosenberg였다. 폴락과 같은 추상표현주의 작가들이 빠질 수 있는 위험을 '묵시록의 벽지Apocalyptic Wallpaper'를 만들어내는 것이라고 경고했다. 그러나 그 후 이 표현에 주목한 사람들은 '묵시록'보다는 '벽지' 쪽에 더 많은 관심을 표명했다. 실제 두 단어의 의미를 함께 살린다면 폴락에 대한 상당히 재미있는 해석이 가능해진다.

벽지란 무엇인가? 19세기에 상업적으로 대량생산되기 시작한 이후 벽지는 독자적인 존재감이 없는 소모품으로 전락했다. 어떤 평론가가 누군가의 작품을 벽지에 비교한다면 그 작품의 내적인 예술성을 인정하지 않는다는 말과 같다. 앤디 워홀이 한때 벽지를 순수한 예술로 승화시키는 작업을 했지만, 팝아트의 입장에서 그런 작업을 했다는 것 자체가 벽지의 낮은 위상을 반증하는 것이었다. 폴락의 드립페인팅을 벽지로 생각할 수 있는 이유는 그의 작품이 설명할 수 있는 의미를 찾기도 힘들고, 어디가 중심이고 무엇이 주제인지 파악하기 힘든 추상성 때문이다. 하지만 '시작과 끝이 불분명한 작품'이라는 한 평론가의 비판을, 폴락은 오히려 자신의 의도를 간파한 찬사라 여겼다. 중심이 없고 시작과 끝이 모호한 작품을 독자적인 의미보다 벽지처럼 그 위에 걸릴 다른 작품을 위한 배경에 불과하다고 볼 여지는 충분하다.

로젠버그의 평가도 전문적이었지만 비슷했다. 폴락과 같은 추상표현주의 작품엔 긴장감이 없고 작가들이 만들어낸 캔버스의 세계에 만족하면서 결국은 그들의 예술성을 소멸시키는 자기부정으로 빠질 수 있다는 말이었다. 하지만 로젠버그는 왜 그런 벽지가 묵시록적일 수밖에 없는지에 대해선 설명하지 않았다. 폴락의 작품이 분열과 파괴된 상태를 연출한 것으로 보이기 때문이라는 해석도 하지 않았다.

실제 폴락의 작품에서 찾을 수 있는 묵시록은 그 작품의 벽지다움과 연결되어 있다. 벽지는 벽지 한 장으로 완성되지 않고, 그 주제의 모티브는 반복될 뿐 중심이 없다. 벽지는 한 장씩 연결되어 공간의 전체, 그 벽의 세상을 다 채워야 제 역할을 하게 된다. 폴락의 벽지엔 시작도 끝도 구분할 수 없는, 분열되고 파괴된 세상이 존재한다. 한때 폴락은 한쪽 벽에 자신의 작품을 세워두고 대형 거울로 반사시켜 그의 그림으로 사방의 공간 전체를 채우는 실험을 했었다. 자신이 의도했던 핵폭탄 시대의 미술이 그의 드립페인팅이었고, 그 기법을 통해 빠져나올 수 없고 회피할 수 없는 세상의 전체적인 파괴와 몰락을 표현하고자 했던 것은 아닐까. 그렇다면 그의 그림은 보는 사람의 시각적 즐거움이나 무의식의 의미를 제공하기 위한 게 아니라, 묵시록의 벽지 속에 있는 자신을 발견하라는 요청이었다. 그의 드립페인팅이 삼차원적인 깊이를 추구하지 않았던 이유는 묵시록의 붕괴된 공간은 세상과 사물의 현실감을 상실한 곳이기 때문이다. 로젠버그는 그의 명성에 어울리는 직감적인 통찰력으로 그 그림을 묵시록의 벽지라 부르지 않았을까.

폴락의 작품은 묵시록이었나?

핵폭탄의 묵시록이 지배하던 냉전 시대 초기에 치열했던 미국과 소련의 경쟁은 시각적 경쟁을 포함했다. 핵폭탄 실험 직후 하늘까지 치솟아 오르는 죽음의 버섯구름을 찍은 사진은 즉각 공개되어 환상과 공포의 분위기를 경쟁하듯 고조시켰다. 폭탄은 히로시마에서 이미 터졌고, 묵시록은 더 이상 미래형 종말론이 아니었다. 지속적으로 더 강력한 파괴력을 지닌 핵폭탄 실험을 기록한 사진들은 이제 살아남은 사람들이 그 묵시록의 드라마를 벗어날 수 없다는 사실을 각인시켜주고 있었다. 이런 묵시록의 이미지가 냉전의 도구이자 무기였다면, 폴락의 미술 작품도 그런 시각에서 바라볼 수는 없을까?

냉전 시대 미국 정부가 미국의 우월성을 알리기 위해 문화예술계를 전략적으로 지원해왔다는 사실은 잘 알려져 있었다. 미키마우스에서 뮤지컬까지 미국의 대중문화가 전 세계가 갈망하고 향유하는 자본의 보편적인 문화가 되기까지 CIA와 같은 기관의 지원이 있었다는 사실이 비밀은 아니었지만, 그 구체적인 정황은 냉전 시대의 기밀문서들이 공개되면서 알려지기 시작했다. 잭슨 폴락의 추상표현주의마저도 그런 전략에 이용되었다는 사실이 공개된 것은 최근의 일이다. 폴락 자신과는 관계가 없는 일이었지만 그의 작품을 국제적으로 알리고 부각시키기 위한 미국 정부의 비밀스러운 작업이 있었다는 사실은 충격적이다. 이 사실은 추상표현주의가 미국적인 미술로 홍보되고 부각되는 과정과 냉전 체제의 치열했던 경쟁의 단면을 이해하는 데 흥미로운 단서를 제공한다.

상식과 실용을 중요시했던 미국 사회에서 20세기 초반 유럽의 추상적인 예술은 대중적인 호응을 얻지 못했다. 폴락의 드립 페인팅은 미국 회화의 전통이 아닌 유럽의 초현실주의의 영향을 많이 받은 것이었다. 그의 작품에 미국적이라 할 만한 특별한 내용은 없었고, 그가 미국을 대표하는 미술가로 부각되는 과정도 불분명한 면이 있었다. 하지만 미국과 소련의 이념 전쟁이라는 맥락에서는 설명이 가능해진다. 추상표현주의는 소련의 사회주의 리얼리즘에 대항할 자유 진영의 대안이었던 것이다. 소련의 리얼리즘이 통속적이고, 소재의 제한이 많았고, 사회주의 이념의 통제를 받는 데 반해 추상표현주의와 같은 미국의 예술은 표현의 자유와 작가의 자율성이 자본주의의 속성 안에서 절대적으로 보장받는 예술이라는 논리였다.

여기서 중요한 단어는 '자유'였다. 미국에는 자유가 있고 소련에는 통제가 있다는 것을 홍보하기 위해 CIA가 당시 극단적 개인의 자유를 추구하는 것으로 보였던 추상표현주의를 선택한 것으로 보인다. 아무리 폴락의 그림이 미국의 실용적 진취성과는 거리가 먼 유럽의 데카당스와 허무주의를 대변한다는 비판이 있었어도 '자유'라는 깃발 아래 미국적인 것으로 수용될 수 있었다.

이런 전략 아래 폴락은 미국적인 작가가 되어야 했다. 언제부턴가는 '와이오밍주 출신의 카우보이'라는 수식어로 폴락을 설명하면서 시골 출신의 토속적인 미국 작가로 만들려는 시도도 있다. 또 그의 작품의 규모가 미국 서부의 거대하고 광활한 공간을 재현한다고 보는 시각도 있다.

여기서 새로운 질문을 해보자. 폴락의 작품을 CIA가 주목한 이유를 리얼리즘과 추상주의의 이념적 대립이 아니라 그의 작품이 담고 있는 냉전의 묵시록에서 찾을 수는 없을까? 냉전이 묵시록의 이미지 전쟁을 포함하는 것이라면, CIA가 본 것은 그의 작품이 담고 있는 자유로운 작가정신이 아니라 버섯구름의 사진보다 더 큰 묵시록의 암시가 아닐까? 사진의 리얼리즘보다 추상화의 암시가 묵시록의 드라마 속에서 살아야만 하는 현실에 대한 강박증을 증폭시킬 수 있고, 냉전의 승리는 그 퇴로가 없는 초조함에 달려 있다고 본 것은 아니었을까? 분명한 답은 어디서도 찾을 수 없다. 폴락의 작품을 보고 그런 질문을 할 수 있다는 것만으로 충분하다.

참고문헌

위에서 참고한 로젠버그의 글은 그의 유명한 에세이 「미국의 전위 미술가들The American Action Painters」1952이다. 냉전 시대 CIA와 미국 예술계의 관계에 대해선 프랜시스 선더스Frances Saunders의 연구가 독보적이다. 「누가 그 비용을 댔는가?Who Paid the Piper?: CIA and the Cultural Cold War」는 「문화적 냉전: CIA와 지식인들」이라는 제목으로 한국에 번역되어 있다. CIA가 비밀리에 지원한 것은 잭슨 폴락만이 아니라 빌렘 쿠닝Willem de Kooning과 마크 로드코Mark Rothko와 같은 동시대 미국 작가들이 대상이었다. 폴락이 자신의 예술관을 소개하는 인터뷰와 언론의 작품 비평과 전시회 안내 등은 Jackson Pollack: Interviews, Articles, and Reviews라는 책에서 찾을 수 있다.

길 위의 문학

잭 케루악

내가 만난 소로와 케루악

내가 인정하고 싶은 미국은 언제나 헨리 소로의 글에서 드러나는 상상과 이상의 미국이었다. 그의 사상을 묵시록이라는 관점에서 평가하자면 청교도 묵시록에 저항한 반反묵시록이라 할 수도 있겠다. 소로는 콩코드라는 작은 마을에까지 드리워지는 산업문명의 그늘이 싫어 마을 어귀의 호숫가 숲속에 오두막집을 짓고 홀로 살았다. 그 숲은 악한 영들이 가득한 저주의 땅도 아니었고 개발하고 길들여 생산을 유발할 땅도 아니었다. 그에게 숲은 군더더기 없는 삶 그 자체를 살 수 있는 조건이었다. 그런 삶은 문명에 대한 저항이었고, 저주받은 삶이 아니라 주어진 삶을 제대로 사는 길이었다. 소로는 그런 삶을 위해 한 시간만 걸으면 됐지만, 케루악은 그런 삶이 길 위에서만 가능하다고 보았다.

케루악은 20세기 중반의 소로였다. 잭 케루악은 소로가 살았던 매사추세츠주 콩코드에서 가까운 거리에 살았고, 소로의 추억이 담긴 메리맥강은 그의 고향 로웰이라는 도시를 가로질러 흐른다. 소로의 문학적 그늘 속에서 성장한 케루악은 20세기 변화된 미국의 소로가 되고자 했다. 시대가 만들어준 조건이나 제도에 휩쓸리지 않고 자유를 추구하는 정신이 미국적 삶의 자세라는 인식을 이 두 사람에게서 찾는 사람은 아직도 많다. 거의 같은 시기에 소로의 『월든』과 케루악의 『길 위에서』를 읽은 나 역시도 다르지 않았다. 그들의 사상에서 자유로운 자아를 실현하는 길은 곧 저항이었다. 자유롭기 위해 그들은 떠나야 했다. 소로는 자신을 안주할 곳 없는 떠돌이Sojourner라 생각했고, 케루악은 그와 비슷한 보헤미안적인 주변인의 삶을 찾아 길을 나섰다.

케루악의 책은 출간된 지 60년이 지난 지금도 많은 부수가 팔리는 베스트셀러다. 그 책은 미국의 의미, 자유의 의미, 젊음의 의미를 추구하는 사람들에게 정직한 안내서 역할을 해왔다. 케루악이 다녔던 길을 체험하기 위해 순례의 길을 떠나는 사람들도 있다. 나에게 그런 여유는 없었지만 내 주변에 있는 케루악의 흔적을 모른 척한 건 아니었다. 책 속의 주인공이 살던 뉴저지의 패터슨Paterson이라는 곳은 내가 살던 곳에서 멀지 않았다. 또 책에 나오는 사우스 홀스테드South Halsted니 노스 클라크North Clark니 하는 시카고의 거리와 졸리엣Joliet이라는 도시의 감옥 앞을 지나면서 케루악의 책과 여행을 생각하곤 했다.

길 위에서의 저항

젊은 세대의 저항과 자유를 추구한다는 케루악의 책에서 묵시록을 읽는 것은 정당한 것일까? 핵폭탄이 만들어낸 묵시록의 시대에 대한 인식이 1940년대 후반부터 기존 문학과 예술에 대한 저항과 새로운 세계관을 추구하는 운동으로 발전했고, 미국 문학에서 그 변화를 이끌어낸 사람이 케루악이었다는 게 나의 생각이다. 케루악이 길을 나선 1947년에서 그의 책이 세상에 나온 1957년 사이 핵무기의 묵시록은 미국 사회에 허무와 저항의 세대를 탄생시켰다. 여기서 나는 『길 위에서』를 묵시록 시대의 저항 문학으로 읽고자 한다.

미국 문학에서 예언서를 연상케 하는 '두루마리 책The Scroll'은 케루악의 『길 위에서』뿐이다. 케루악은 타자기에 용지를 갈아 끼울 필요가 없도록 텔레타이프 종이를 자르고 붙여 긴 두루마리

묵시록의 문화

를 만들어 썼다. 글 쓰는 행위는 끊임없는 즉흥성이 담보되어야 했기 때문에 생각을 멈추고 종이를 갈아 끼우고 여백을 맞추는 것은 재즈의 즉흥연주처럼 흘러야 하는 글의 리듬을 깨는 행동이었다. 마치 자신에게 들려진 음성을 기록하듯이, 색소폰을 부는 손가락의 움직임처럼 언더우드 타자기를 쳐 내려갔다. 케루악은 글을 쓴 게 아니라 타자를 친 것이라는 소설가 트루먼 커포티Truman Capote의 냉정한 지적은, 색소폰 고수들이 그들의 음악을 단순히 손가락을 움직여 만들어냈다는 표현을 참고한다면 틀린 것은 아니다.

'비트'의 의미에 관해서는 늘 해석이 분분했지만 내 생각엔 모두 맞는 말이다. 몸이 피곤해 녹초가 된 상태, 강렬한 리듬으로 표현된 시간의 순간, 케루악 자신이 선호했던 '하늘의 복編'이라는 뜻까지 모두 비트 세대의 문학에서 확인할 수 있는 의미들이다. 하지만 케루악을 묵시록이라는 관점에서 가장 잘 이해할 수 있게 만드는 건 시간의 리듬으로서의 비트다. 그가 원고로 남긴 것은 페이지 구분이나 단락 사이의 여백도 없는 동그랗게 말린 35미터 길이의 두루마리다. 그 책이 완성되기까지 여러 해가 걸렸음에도, 케루악 자신은 그 책을 쉬지도 않고 퇴고도 없이 그냥 써내려 간 작품으로 독자들이 이해하기를 원했다. 한국에선 잔혹한 전쟁이 한창이던 1951년 4월이었다. 그 결과물은 고대 경전

미국의 묵시록

과 예언서를 연상케 하는 두루마리 문서였다. 그 문서에는 20세기 핵폭탄 묵시록의 시대를 살던 미국의 젊은이들을 위해 계시된 삶의 지침이 있었다.

케루악은 왜 길을 떠났을까? 책의 주인공은 길을 떠나게 된 과정을 설명하면서 모든 게 죽어버린 것 같다고 말했다. 모든 게 죽어버린 세상을 제정신으로 살아갈 수 있을까? 그래서 케루악의 책엔 '미쳤다mad'는 말이 많이 나온다. 주인공은 자신이 선호하는 사람을 "미친 듯이 살고 미친 듯이 말하고, 미친 듯이 구원받으려" 하는 사람이라 말했다. 여기서 케루악은 낭만적인 여행가로 보이지 않는다. 미국 중산층의 이념에 저항해 진정한 자유를 찾기 위해 길을 떠난 청년, 아직까지 이뤄지지 않은 자아를 찾아 길을 떠난 청년이라고 하기에는 그보다 더 급박하고 절박한 이유가 있어 보인다. 그 절박함을 실존적이기보다는 종말론적이라 생각하는 이유는 책에서 지은이 자신이 투영된 주인공의 이름에서부터 드러난다. 샐 파라다이스Salvatore Paradise는 '구원자'와 '천국'이라는 뜻으로 새로운 세상으로 인도한다는 의미를 포착할 수 있다.

비트 세대 주역들의 삶은 전위적이고 보헤미안적이었지만 케루악의 기본 성향은 술과 마약으로도 감출 수 없었던 보수적인 가톨릭 신앙이었다. 떠오르는 스타로 문단의 주목을 받기 시작했을 때도, 그는 뉴욕에서의 화려한 삶을 동경하지 않았다. 비트 세대의 다른 동료들처럼 반전, 히피 운동의 정신적 리더가 되지도 않았고 좌파정치에도 관심이 없었다. 케루악에게 미국의 세상은 몰락하고 있었고, 그가 길을 나서야 했던 이유는 새로운 세상의 가능성을 찾기 위함이었다.

슈펭글러와 케루악의 시간관념

케루악에게 몰락의 언어를 제공해준 건 1차 세계대전이 끝나던 1918년 『서구의 몰락』이라는 책으로 서양의 역사 해석에 큰 도전을 안긴 오스발트 슈펭글러Oswald Spengler였다. 한 문명이 기술적으로 완성될 때 창의성과 생명력을 잃고 정신적 위기를 맞게 되며 몰락으로 끝난다는 슈펭글러의 역사관은 케루악과 그의 동료들에게 큰 영향을 미쳤다. 그 역사관은 모든 것이 한순간에 끝나는 종말의 묵시록이 아니었다. 역사는 문화의 탄생과 문명으로의 발전과 몰락, 그리고 새로운 문화의 탄생을 반복하는 과정이었다. 슈펭글러의 서구 문명 몰락에 대한 진단은 1차 세계대전의 참혹한 살상 가운데 등장한 서구 문화의 의기의식을 대변한 것이었다. 객관적인 근거보다는 니체와 같은 철학자들에게서 받은 감동을 역사 해석으로 풀어냈고, 서구의 몰락을 논증해내기 위해 다른 지역의 역사는 조역으로 동원한 저술이었지만, 당시 많은 이들이 공유했던 위기의식을 역사의 철학과 생명의 리듬으로 설명하면서 큰 인기를 끌었다. 케루악은 '비트'라는 단어도 그 책에서 착안했고, 몰락하는 미국 문명에 대한 대안을 모색하려는 의지도 슈펭글러에게서 찾았던 것으로 보인다.

케루악이 길을 나서야 했던 핵무기의 냉전 시대는 그에 대한 공포심으로 유지되던 시기였다. 핵전쟁의 상황에 대한 미국 정부의 지침은 가만히 숨는 것이었다. 차를 몰고 밖으로 나가는 것도 금지 사항이었다. 냉전 체제는 핵무기의 공포 앞에서 숨는 연습을 강요하면서 유지됐다. 20세기를 '미국의 세기The American Century'라 부르기 시작한 것도 이 시기였음을 고려하면 그 세기의 본질적인 단면을 파악할 수 있다. 1950년대는 미국 역사에서 가장 종교적인 시기였고, 그 어느 때보다 교회에 출석하는 사람들의 비율이 높았다. '복음주의'라는 미국의 보수 기독교가 탄생한 시기였다. 빌리 그레이엄 목사가 등장했고, 19세기 말 천년주의 묵시록이 위세를 떨친 지 반세기 만에 소련과 냉전이라는 적그리스도와 벌일 최후의 전쟁의 징후들이 발견되었던 시기였다. 냉전의 공포와 종교의 위안은 묵시록을 향한 비전으로 이어졌다. 1950년대는 2차 세계대전과 한국전쟁의 전시경제 효과로 경제적으로는 가장 풍요로운 시기였다. 핵폭탄으로 언제 끝날지 모르는 공포의 세상을 사는 대가였는지도 모른다. 소비를 미덕으로 삼는 소비문화와 인간을 소비자로 이해하는 소비자주의 consumerism도 이 시기에 미국의 이념으로 자리를 잡았다. 미국의 청교도들에게 마지막 시대를 사는 덕목은 절제와 절약이었지만, 냉전이라는 세속의 묵시록은 공포를 사는 대가로 과시와 과욕의 소비를 보상으로 제공했다. 이때 케루악과 비트 세대는 핵폭탄이 선언한 묵시록의 질서를 거부하고 길을 나선다.

케루악에게 '길'은 공간보다 시간적인 개념이었고, 특히 묵시록의 시간에 대한 저항이자 도피의 도구였다. 그가 길을 통해 찾은 시간은 주어지고 정해진 시간의 리듬과 질서를 깨는 즉흥적인 시간이었다. 서구 문화의 시간은 종말이라는 끝이 기다리고 있는 시간이었다. 그 종말의 시간은 묵시록이라는 드라마로 전해져왔고, 케루악의 시대에 그 드라마는 핵폭탄이라는 한순간에 역사와 시간을 끝낼 수 있는 심판의 무기를 중심으로 전개되고 있었다. 종말의 시계는 끝을 향해 움직이고 있었지만, 케루악은 그 시간의 심판을 피할 수 있다고 생각했다. 문명 역사의 몰락 이후에 또 다른 생명의 리듬을 소유한 정신적 가치가 등장한다고 믿었다. 그가 현실에 순응하지 않고 저항의 길을 나선 이유는 다른 시간을 살기 위해서였다. 몰락의 시간이 아니라 즉흥적

순간의 시간, 즉 비트의 시간을 살기 위함이었다. 그 시간은 그에게 '나의 시간'이었고 언제나 지금의 시간이었다. 역사의 시간에 갇힌 삶이 아니라 원시적 생명의 리듬을 잃지 않는 삶이었다. 케루악이 여행의 끝이었던 멕시코에 도착했을 때, 샐의 친구 딘이 원주민 소녀에게 손목시계를 건네주고 수정구슬 하나를 받아 챙기는 장면이 나온다. 계산된 시간을 포기하고 자연의 시간을 찾는 모습이었다. 케루악에게 역사의 무게에 짓눌리지 않은 시간은 에덴동산의 시간이었다. 청교도들이 그랬듯이 에덴을 회복하기 위해선 광야의 길로 나서야 했다.

책에서 길의 끝은 멕시코에 있었다. 멕시코에서 남미어로 '내일'이라는 말을 들으면서 샐은 천국을 연상했다. 천국은 내일에 있었다. 천국으로의 구원자 샐 파라다이스는 길 위에서 천국을 찾았다. 마침내 여행길의 끝 멕시코시티에 도착한 샐은 그곳을 '성경적'인 곳이라 했다. 성경적인 곳의 원형은 에덴이었고 파라다이스였다. 왜 멕시코시티를 그렇게 이해했을까? 그곳에서 문명의 역사, '서구 역사의 사막'에 대한 대안을 찾았기 때문이다. 케루악은 멕시코에서 몰락의 역사를 구할 원시의 역사를 찾았다고 생각했다. 요즘 같았으면 오리엔탈리즘이라 욕을 먹었겠지만 그의 의도는 미국의 묵시록에 대한 저항이었다. 서구 역사의 끝인 묵시록의 시간이 아닌 영원한 시간, 그 내일의 천국이 있다고 믿었기 때문에 길을 떠났고, 멕시코시티에 남아 있는 고대 남미의 흔적에서 길의 끝, 즉 묵시록의 종말이 더는 효력을 발휘하지 못하는 '끝이 없는' 곳을 찾은 것이다. 미국의 묵시록의 시간과 멕시코의 영원의 시간을 대조시키고, 멕시코의 문화에서 영원한 내일의 시간의 흔적을 찾는다는 것은 서양인의 환상일지 모르지만 케루악에겐 묵시록의 대안으로 필요한 환상이었다.

케루악의 글쓰기는 묵시록의 시간을 역행하는 행위였다. 그가 추구했던 즉흥적인 리듬의 산문은 묵상이나 성찰이 아니라 시간의 흐름을 거스르는 반묵시록의 퍼포먼스였다. 재즈의 즉흥연주 improvisation는 음악의 시간을 멈추고 기다리게 하는 행위인 것처럼, 종말로 흐르는 시간에서 생명 있는 삶을 살기 위해선 그 시간을 멈춰야 했다. 시간을 멈추게 하는 길은 시간의 순간을 즉흥적으로 사는 것이었다. 시간의 즉흥성을 자연의 리듬에서 찾았던 케루악은 멕시코에서 그 리듬의 비트를 찾았다.

미국과 영화

사막의 묵시록

활동사진의 기술을 우리가 아는 영화로 만든 것은 미국이었
다. 미국에게 영화는 기술이나 예술 또는 오락 이상의 의미를 지
닌다. 미국은 영화에서 미국을 발견했고, 또 영화를 통해 미국을
생산해냈다. 그 결과 우리의 상상 속 미국과 영화는 분리될 수 없
는 상태에서 미국은 영화로 또 영화는 미국으로 남아 있다. 20세
기의 역사가 견딜 수 없는 악몽의 역사였다면, 실제와 가상의 모
호함 속에서 만들어진 미국이 역사의 대안으로 혹은 역사 없는
초현실의 공간으로 받아들여지게 된 것은 우연이라 할 수 없다.
아도르노Theodor W. Adorno는 영화와 미국이 분리될 수 없는 모호함

을 자본주의 영화 산업이 만들었고, 그 결과로 나타난 것이 미국의 현실 도피적 병리 현상이라고 판단했다. 반면에 보드리야르는 미국이라는 사건이 역사가 아니라 영상으로만 포착될 수 있는 부분에 주목하면서 미국을 그의 포스트모더니즘 이론의 실험장으로 삼았다.

영화에서 담아내는 미국의 풍경이 미국에 대한 이미지를 강화하는 것이라면, 그것에 이바지하는 풍경은 단연코 사막의 광활함과 그 사이로 한없이 뻗은 길이 아닐까. 비단 미국의 사막과 고속도로에 주목한 것은 보드리야르만은 아니었지만, 미국의 서부 곧 미국 문명의 끝자락에 자리 잡은 사막과 그 문명의 상징인 대륙을 횡단하는 고속도로 그리고 그 둘이 만나 형성하는 사막을 가로지르는 도로의 형상은 미국에 대한 상상에서 빠질 수 없다. 생명의 습함을 앗아가는 사막의 광활함은 역사가 비껴간 빈 공간으로 이해되었고, 그 위의 도로는 임의적인 두 장소를 이어주는 길이 아니라 초현실적인 형이상학의 기호를 연상시켰다. 사막의 형이상학은 프랑스 학자들 특유의 심오함이 아니어도 어렵지 않게 파악할 수 있다. 기독교 역사에서 사막은 극기와 수양과 초월의 의지를 시험하는 곳이었고, 이를 통해 접신을 꾀했던 공간이었다. 새로운 예루살렘을 꿈꾸던 청교도들이 상상했던 광야의 미국적 원형이 사막이었다. 서부영화에서 사막은 선과 악이

219

—

묵시록의 문화

벌이는 최후 결투의 장소였다. 그 장소는 문명의 타협과 계산이 통하지 않는 곳으로, 역사의 일부가 아니라 다만 지리적인 장소에 불과했다. 여기서 선과 악은 제도화되지 않은 심판의 대상일 뿐이었다. 사막은 미국 서부의 끝이고, 한때 서구 문명의 종착점이기도 했다. 그 끝에서 역사의 끝, 곧 묵시록의 사건을 상상하게 된 것은 당연한 것이라 할 수 있다. 바로 그 사막의 토양 위에 할리우드라는 환상과 자본의 산업이 탄생해 미국 그 자체를 재생산해온 것이다.

미국 역사에서 사막이 묵시록의 무대였다는 사실은 영화에서만 확인할 수 있는 것은 아니다. 미국의 사막은 과거 핵실험의 주무대였고, 지금도 종말의 핵무기들이 대기 중인 곳이다. 무수한 외계인과 UFO에 관한 음모와 소문의 진원지이다. 네바다 사막의 'Area 51'이라는 곳은 아직도 공개되지 않은 거대한 비밀을 간직하고 있는 군사기지라 믿는 사람들이 많다. 그러나 사막의 묵시록은 당연히 영화를 통해 완성됐다. 〈매드맥스〉 영화 시리즈가 사막에서 벌어지는 종말의 전투를 다룬 대표적인 영화지만, 사막이 핵전쟁으로 생명이 사라진 세상의 상징이라는 점에서 사막의 묵시록을 다루는 영화는 많다. 묵시록이 최근 종교가 아니라 영화의 장르로 더 잘 알려져 있다고 해서 그사이에 큰 괴리가 있는 건 아니다. 묵시록에서 종말은 언제나 세상의 종말이고, 그

미국의 묵시록

종말이 누구의 행위 때문에 시작되었는가는 그다지 중요하지 않다. 더 중요한 것은 종말의 사건들이 묵시록이라는 예언으로 변하는 방식이고 그 방식은 대중문화만이 아니라 시대의 변화를 읽는 데 매우 중요하다. 묵시록의 영화는 미국의 영화 산업에서 가장 중요한 장르가 되었다. 그것은 단지 그런 영화들이 흥행에 성공했기 때문이 아니라 미국 역사의 묵시록을 이어받아 그 이념을 지속해서 생산해내고 있기 때문이다.

영화는 그 역사의 시작부터 세상의 종말에 관심이 있었다. 영화 산업이 출범하던 시기가 서구 문명의 몰락을 고했던 1차 세계대전과 겹치는 이유도 있었고, 전쟁의 참혹한 현실을 보여주는 매체로 영화만큼 효과적인 것은 없었기 때문이다. 영화가 가장 잘할 수 있었던 것은 실제적인 것을 포착하고 재현하는 것이었고, 전쟁만큼 실제의 극치는 없었다. 20세기 첨단의 무기는 인명 살상만이 아니라 세상의 파괴를 가능케 했고, 그 파괴된 세상으로 들어가 보이지 않는 인간의 본질적인 모습을 담아내는 작업은 영화의 몫이었다. 세상의 파괴가 돌이킬 수 없는 세상의 종말로 이어질 것이라는 세속의 묵시록이 영화로 등장한 것은 2차 세계대전 이후였다. 세상을 한순간에 끝낼 수 있는 핵무기의 등장이 가져다준 정신적인 충격은 이루 표현하기 힘들 정도로 컸다. 하지만 세상의 종말만큼이나 창의적인 상상력을 자극하는 것도 없다.

1950년대 이후 할리우드 영화에서 보여준 것은 파괴된 세상의 종말론만이 아니었다. 세상이 망하기 직전에 슈퍼맨과 같은 영웅이 나타나 세상을 구하는 서사는 할리우드 영화가 완성한 묵시록이자 구원론이었다. 최근의 묵시록이나 디스토피아 영화에선 구원자가 자주 등장하지 않는다. 해피엔딩으로 끝나지 않고 고통과 좌절의 사건들이 반복될 것을 암시하는 것으로 끝나는 영화도 흥행에 성공한다는 사실은 세상이 별로 나아지지 않을 것이라는 암묵적 합의가 공동체 내에 있다는 것을 의미한다. 회복할 에덴동산도 없고, 꿈꿀 유토피아도 없는 세상은 이루어진 묵시록, 디스토피아의 세상을 말한다.

묵시록의 두 영화: 〈지옥의 묵시록〉과 〈국가의 탄생〉

묵시록은 미국 영화의 대표적인 장르로 자리 잡았고, 지구의 파괴와 멸망을 배경으로 한 영화를 통해 세속 문화의 일부분으로 받아들여지게 되었다. 하지만 여기 묵시록의 영화지만 선과 악의 대립이나 마지막 전쟁 혹은 살아남은 자들의 이야기를 다루지 않는 영화가 하나 있다. 이미 제목에서 묵시록이라는 단어를 쓰고 있지만, 묵시록에 관한 영화라기보다는 그 자체가 미국의 묵시록이라 할 만한 영화, 바로 프랜시스 코폴라 감독의 〈지옥의 묵시록Apocalypse Now〉이다.

베트남전쟁에 대한 기억이 생생하던 1979년에 개봉된 오래된 영화지만, 아직도 이 영화만큼 미국의 전쟁에 대한 비판과 심리적 분석을 깊이 시도한 영화는 없다. 또 미국의 묵시록이라는 제목의 이 책에 더는 적합한 영화도 찾기 힘들다. 과연 그 영화가 펼치는 묵시록은 어떤 것일까? 핵폭발로 세상이 끝나는 장면도 없고, 멸종의 위기에서 살아남은 자들의 얘기도 아니고, 재림이나 아마겟돈에 대한 예언도 없다. 원제Apocalypse Now에서 보듯이, 영화는 묵시록을 과거나 미래의 일이 아니라 지금 현재 벌어지고 있는 사건으로 묘사한다. 그러나 이 영화에 관한 수많은 연구물에서 '묵시록'이라는 단어는 특별한 관심의 대상이 아니었다. 그 이유는 영화의 제목에서 묵시록을 지옥과 같은 전쟁의 파괴와 폭력을 뜻하는 용어로만 이해했을 뿐, 그 내용을 미국의 묵시록이라는 사유의 전통 속에서 파악하지 않았기 때문이다.

〈지옥의 묵시록〉은 필리핀 밀림에서 촬영되었는데, 마치 영화의 내용을 재현하듯 혹독한 더위와 장마와 질병으로 작업에 참여한 모든 사람이 서서히 지치고 미쳐갔다고 한다. 촬영 중 젊은 주인공은 심장마비를 일으켰고, 감독은 자살을 결심하기도 했다. 전쟁의 죽음을 리얼하게 그려내기 위해 시체까지 구해다 썼다. "베트남에 관한 영화가 아니라 베트남 그 자체"라는 감독의 말은 미국이 베트남전쟁에서 겪은 경험 전체가 영화 안팎에 배어 있다는 뜻이었다. 하지만 나는 이 영화를 미국에 관한 영화라 생각한다. 미국이 베트남전쟁을 통해 심리적 분열을 겪으며 세상과 자기 자신까지 포기하고 서서히 미쳐가는 모습이 묘사돼 있기 때문이다. 미쳐가는 것에 대한 코폴라의 고발은 인간 내면에 자리 잡고 있는 악에 그치지 않았다. 그에게 미쳐가는 것은 자본주의 미국이었고, 베트남전쟁은 미국의 묵시록적인 자기표현이었다. 이 묵시록은 선과 악을 넘어 광기의 압력 속에 자폭의 길을 선택하는 드라마이고, 미래의 사건이 아니라 끝없이 '지금'으로 되풀이되는 구원 없는 묵시록이었다. 영화에선 어느 누구도 선한 의지가 있음을 주장하지 않는다. 코폴라가 아는 미국의 묵시록은 더는 선한 의지의 순수함으로 자기변명이 가능한 시대의 산물이 아니었다. 코폴라의 묵시록은 고전적 묵시록의 심판을 거부한다. 〈지옥의 묵시록〉에서 심판은 패배의 상징이었다. 현재의 만족과 공포가 끝없이 공존하는 상황은 영화의 마지막 장면의 대사처럼 "호러Horror…… 호러……" 그 자체였다.

보드리야르가 보지 못한 것

미국에 관한 현란하고 화려한 담론으로 유명했던 프랑스의 철학자 장 보드리야르Jean Baudrillard는 〈지옥의 묵시록〉을 좋아하지 않았다. 이 영화에 대해 그가 남긴 길지 않은 평론은 아직도 뛰어난 분석으로 평가되지만, 궁극적으로 부족함이 있는 해석이었다. 보드리야르는 〈지옥의 묵시록〉이 현실을 재현해내는 역할을 넘어서 아예 전쟁을 수행하고 있다고 비판했다. 코폴라는 베트남전쟁을 영화로 만들었지만, 그의 영화는 미국이 패배한 전쟁을 인정하지 않았고, 영화로 그 전쟁을 지속시키고 있다고 본 것이다. 무슨 뜻일까? 이 영화 한 편을 찍으면서 터트린 폭탄의 양이나 군수장비의 무절제한 남용은 실제로 베트남전쟁을 수행했던 미국의 우월의식과 지배욕구의 정신 상태를 그대로 답습한 것이라는 의미였다. 베트남전쟁의 아픈 상처와 기억으로 남아 있는 무자비한 비행기 폭격과 네이팜탄 공격은 〈지옥의 묵시록〉을 본 사람들의 뇌리에서 지워지지 않는다. 그 공격을 지상에서 겪었던 사람들이 시간이 지나도 그 충격과 공포에서 벗어나지 못하는 것과 비슷하다. 그런 전쟁을 치르는 데 필요했던 자본과 영화를 제작하고 보급하기 위해 투자된 자본의 출처가 결국 동일하다는 주장도 가능하다. 보드리야르는 미국이 실제 전쟁에서는 졌지만, 이 영화의 전쟁은 성공했다고 분석했다. 코폴라의 영화는 미국이 베트남전쟁에서 졌다는 사실을 잊게 만들기 위해 만든 스크린 위의 전쟁이었다고 비판했다. 〈지옥의 묵시록〉이 전쟁을 주제로 하는 영화의 차원을 넘어서 아예 전쟁을 수행하고 있다는 보드리야르의 주장을 틀리다고 할 수는 없지만, 코폴라의 의도는 보드리야르의 주장을 이미 수용하고 전제하는 것이었다. 그렇기 때문에 그 영화는 묵시록이 될 수 있었다. 전쟁에 미친 미국 군인들의 얘기만이 아니고, 전쟁을 통해 스스로 파멸의 과정을 밟는 미국의 자본과 제국을 그린 묵시록이었다. 코폴라의 목적은 영화 속의 전쟁을 통해서 실제 전쟁에서 패한 자존심을 살리는 게 아니라, 미국 내면에 존재하는 자멸의 아마겟돈 전쟁을 고발하는 것이었다.

바그너 오페라의 묵시록

〈지옥의 묵시록〉에서 찾을 수 있는 또 다른 묵시록의 흔적은 영화에 삽입된 리하르트 바그너의 오페라 음악에 있다. 미군의 헬리콥터 부대가 하늘에서 나타나 한 어촌 마을을 공격하는 장면은 두고두고 회자된다. 헬리콥터에 달린 스피커에선 〈발키리의 기행Ride of Valkyries〉이라는 오페라 3막의 전주곡이 울려 퍼진다. 음악과 어우러진 하늘에서의 공격은 숭고함과 광란의 극치를 보이며 평온하던 한 어촌 마을을 초토화시킨다. 영화의 역사에서 가장 기억에 남는 한 장면이다. 바그너의 오페라에서 발키리는 하늘의 말을 타고 다니며 전쟁터에서 사망한 병사들의 시체를 수거하는 신화의 여신들이다. 북유럽 신화에서 발키리는 전쟁에서 누가 죽고 살지를 정하고 죽은 자들을 사후의 세계로 인도하는 역할을 맡는다. 바그너의 이 곡이 미국 영화와 맺은 인연은 〈지옥의 묵시록〉이 처음은 아니었다. 1915년 데이비드 와크 그리피스David Wark Griffith의 대표작 〈국가의 탄생The Birth of a Nation〉에서 흰옷을 입고 말을 탄 KKK 단원들이 남부 백인들의 미국을 구하기 위해 공격해 오는 마지막 장면의 배경음악 역시 〈발키리의 기행〉이었다. 배경음악이 중요했던 무성영화 시절 바그너의 음악은 드라마 속의 긴장과 고조된 감정을 표현해내기 적합했고 실제 초기 영화사에서 그 위상은 남달랐다. 바그너로 연결되는 이 두 영화가 묵시록이라는 주제로도 연결될 수 있을까?

영화의 비교 전에 바그너 오페라의 묵시록을 먼저 살펴보자. 모든 신화가 그렇듯이 발키리의 전설도 오랜 시간에 걸쳐 발전하고 변형되었다. 발키리에 의해 죽은 자가 들려 오르는 모습은 기독교 묵시록의 가장 생생한 장면을 떠올리게 한다. 신약성경의 「요한계시록」 19장에서 찾을 수 있는 그 원형은 하늘이 열리고 백마를 탄 그리스도가 마지막 날의 심판자로 재림하는 모습이다. 코폴라와 그리피스가 바그너의 음악에서 차용한 건 오페라의 음악만이 아니라 그 오페라의 신화적 배경까지 포함한다. 〈지옥의 묵시록〉에선 구름 위의 백마를 헬리콥터가 대체했고, 〈국가의 탄생〉에서는 흰옷을 입고 흰 천을 씌운 말을 타고 결전의 의지를 불태우며 돌진하는 KKK 단원들이 대신했다. 백마는 성경에서 등장하는 전투와 승리를 뜻하는 묵시록의 상징이다. 베트남에서 미군이 자본주의 질서를 세우고 공산주의라는 이념의 적그리스도를 멸하기 위해 전쟁을 벌이고 있었다면, 19세기 후반 미국 남부의 KKK 단원들은 남북전쟁에서 패배한 후 몰락해가는 남부의 순혈백인주의를 살리기 위해 흑인들을 대상으로 십자군전쟁을 벌이고 있었다. 베트남전쟁은 선택받은 나라인 미국만이 지켜낼 수 있는 선善이 있다는 믿음으로 치러졌고, KKK의 전쟁은 그 선민의식과 사명감이 백인들에게만 주어진 특권이라는 믿음이 원동력이 됐다. 둘 다 선민의식 또는 예외주의가 만들어낸 적들과 싸운다는 미국 묵시록의 전형적인 모습을 띠고 있었다. 다른 점은 코폴라의 영화가 그 묵시록에 대한 비판을 가했고, 그리피스는 그 묵시록을 믿었다는 것이다.

KKK 신앙의 탄생

그리피스의 영화는 어떤 미국의 탄생을 주장하고 있었을까? 남북전쟁이 북부의 승리로 끝나고 승자들의 입장에서 파괴된 나라를 재건하기 위한 정책들이 시행되었으나, 남부에선 이런 재건의 정책들을 노예제도를 근간으로 하는 그들의 삶을 파괴하기 위한 박해로 여기는 사람들이 많았다. 북부의 승리는 곧 적그리스도의 승리였기에, 이제 모든 것을 바쳐 악의 세력을 물리쳐야 한다는 묵시록의 신앙이 남부에서 퍼져나가기 시작했다. 이들이 원했던 국가는 인종차별적이고 백인 중심적인 삶의 양식을 지켜줄 나라였다. 그것이 미국의 본질이라 믿었고, 이를 위해 필요한 십자군의 성전을 벌이는 영웅들이 바로 KKK이었다. 그들의 언어는 묵시록의 언어였고, 흰 말을 타고 십자가에 불을 붙여 휘두르는 행위는 묵시록을 재현하는 것이었다. 그 집단은 남부의 수많은 성직자와 기독교인들이 용인했던 묵시록의 종교 집단이었고, 그들이 원했던 건 백인들을 위한 '하나님 나라'의 탄생이었다.

미국의 영화사에서 가장 중요한 〈국가의 탄생〉이 그런 혐오스러운 묵시록의 내용을 담고 있다는 사실에 실망하면서도, 그 점을 천재 영화감독의 우연한 선택이었을 뿐이라 생각하는 사람도 있다. 하지만 미국 영화의 전통을 탄생시킨 영화가 유색인종에 대한 혐오를 담은 묵시록의 전쟁을 주제로 삼았다는 사실은 새삼스럽지 않다. 개봉 당시 영화를 보았던 사람들은 그 영화가 역사의 진실을 담고 있다고 여겼으며, 그 생각은 미국이 특별한 사명을 수행하기 위해 시작된 나라였다는 청교도들의 선민의식에서 출발한 것이었다. 그 선민의식을 백인 중심주의로 기억하고 있던 사람들에게 노예제도는 신이 부여한 질서였고, 당시 남부는 핍박받는 어린 양과 같은 존재였다. 그리피스의 영화는 성전을 벌여 타락한 세력을 물리치고 미국을 다시 세워야 한다고 주장한 것이다. 이 영화는 20세기 초 KKK가 재건되는 데 큰 공헌을 했다.

〈국가의 탄생〉의 원작은 침례교 목사였던 토머스 딕슨Thomas Dixon이 쓴 소설이었다. 그가 믿었던 백인 우월주의와 타락한 미국의 개신교를 구해야 한다는 신념은 근본주의 신앙에서 출발한 것이었다. 그의 형 A. C. 딕슨은 20세기 초반 근본주의를 미국 보수 기독교의 신앙으로 확립하는 데 중요한 역할을 한 목사였다. 근본주의는 진화론과 사회주의 그리고 근대화 세속주의의 험난한 세파 앞에서 기독교의 근본 진리를 지켜야 한다는 의지로 시작되었으나, 그 동기는 신앙과 정치 이념이 혼합된 것이었다. 그들이 지키고자 했던 것은 예수의 대속설이나 동정녀 탄생설만이 아니라, 순수한 개신교를 수호한다는 백인들의 선민의식도 그 일부였다. 진화론과 사회주의의 위협에 맞서기 위해 흑인들은 희생양이 되었다. 아프리카에서 흑인들을 노예로 데리고 온 것으로 미국의 문제가 시작했기에 흑인이 사라져야 미국을 다시 세울 수 있다는 논리였다. 이제 백인들이 무력으로 나서야 하는 이유는 흑인들이 남부의 백인들을 조직적으로 해치는 난동을 부리고 있기 때문이라는 거짓된 주장도 퍼졌다.

더 이상 후퇴할 수 없다는 근본주의 신앙은 종말론적인 세계관을 받아들여 선과 악의 대결로 세상을 인식하고 있었다. KKK의 신앙은 이 세계관에 기초한 것으로 미국의 본질과 사명은 백인들에게만 부여된 것이기 때문에 이를 지키기 위해 모든 것을 걸어야 한다는 무서운 신념이었다. 그 신념은 종말론으로 이어져, 남부를 위하고 미국을 위하며 백인 우월주의를 타락에서 구해낼 구원의 논리로 발전했다. 종말론만큼 확실한 구원론은 있을 수 없었다. 설교를 통해 동원된 묵시록의 언어는 폭력을 생산하고 용인하는 역할을 했다. 하늘이 자기편이라는 믿음은 세상을 폭력으로 바꾸는 것을 선의 승리라고 여기게 했다. 사탄의 세력과 맞서 싸워야 하는 판국에 도덕적인 고려는 한가한 공론에 불과했다. 20세기 초반 흑인들에게 조직적으로 가해진 린치는 미국 묵시록의 가장 어두운 광경이었고, 〈국가의 탄생〉의 후속편이라 할 수 있다.

참고문헌

보드리야르의 〈지옥의 묵시록〉 비판은 그의 저작 「시뮬라시옹: 포스트모던 사회문화론*Simulacres et Simulation*」에 수록되어 있다. 〈지옥의 묵시록〉에 삽입된 음악 〈발키리의 기행〉은 게오르크 솔티가 지휘한 빈 필하모닉 오케스트라의 연주곡이다. 근본주의라는 단어는 A. C. 딕슨 목사가 편집해 1910년에서 1915년 사이 출간한 잡지 《근본: 진리의 증언*Fundamentals: A Testimony to the Truth*》에서 기원한다.

에필로그

묵시록은 종말론이다

미국만큼 상반된 반응을 불러일으키는 나라는 없다. 미국에 대한 중립적인 입장은 찾기 힘들다. 미국이라는 나라는 처음부터 열띤 논쟁의 대상이었다. 17세기 영국의 청교도들이 뒷날 미국이라 불리는 신대륙에 처음 발을 디딘 날부터 21세기 트럼프가 미국의 대통령이 된 현재까지 미국의 본질과 의미와 역할에 대한 논쟁은 계속되고 있다.

미국을 자유와 민주주의를 상징하는 나라로 보는 시각과 자본주의와 패권주의의 제국으로 보는 시각은 첨예하게 대립한다. 그 논쟁의 역사가 증언하는 것은 미국이라는 나라에 대한 집착에 가까운 관심이었다. 새로운 기회를 찾아 나선 이민자들부터 미국이라는 나라가 어떻게 가능한지를 묻는 학자들까지 그 관심은 다양했다. 미국은 이념으로 시작한 새로운 형태의 나라였고, 그 역사도 결국 이념의 역사였다. 한 나라의 본질을 묻는 말이 미국에서만큼 그 나라 역사의 중요한 일부가 된 예는 없다. 그 본질에 대한 찬반 논쟁에도 불구하고 미국은 언제나 세상의 관심거리였다.

서구 사상에서 종말론만큼 중요한 개념은 없다. 이성이나 경험, 관념이나 물질보다 서구의 사상을 이해하는 데 더 중요한 개념이 종말론이다. 서구의 신학과 철학, 종교와 정치가 만나는 곳에 뿌리 내린 개념이다. 시간이 끝을 향해 가고 있다는 믿음은 시간에 의미를 부여한다. 시간에 의미를 부여한다는 것은 역사를 의미 있게 만드는 행위이기도 하다. 서구 사상에서 존재하는 모든 것에 대한 이해는 그 시작만이 아니라 끝도 함께 고려하는 관점에서 출발했고, 현재라는 시간은 언제나 그 맥락 속에서 의미를 부여받았다. 시간이 시작한 이후 현재까지의 과정을 이해하는 건 세상의 원리를 파악하고 존재의 의미를 추구하는 철학과 신학의 역할이었다. 그러나 지금으로부터 시간이 끝날 때까지의 과정은 인간의 지식과 경험으로 파악하기가 힘들었기에 상상과 예언의 영역으로 남을 수밖에 없었다. 이러한 영역에서 종말론은 세상을 이해하는 기준과 원칙을 제공해왔다. 그 종말이 어떻게 올 것인가를 상상하고 해석하는 일은 모든 서구적인 학문을 특징짓는 요소다. 묵시록은 그 종말이 파멸적인 사건을 통해 다가온다고 믿는다.

묵시록의 본래 의미는 감추어진 뜻을 드러낸다는 말이지만, 서양의 역사에선 좀 더 구체적으로 신약성경의 마지막 책 「요한 계시록」에 기록된 사건들이 이루어지는 과정을 말한다. 그에 대한 해석은 시대에 따라 다양하다. 서구 기독교의 역사에서 계시록만큼 많이 읽히고 해석된 책은 없다. 서구 기독교가 희랍과 로마의 고대 문명과 기독교의 융합으로 이루어진 것이라면 기독교의 공헌은 종말론적인 역사와 시간 이해라 할 수 있다. 묵시록적인 세상 이해의 전형은 지금이 그 마지막 시대라는 믿음이다. 서구 역사에서 이미 끝이 시작했다는 세계관은 마지막 시대의 징조를 찾는 것을 신앙의 자세로 여기게 했다. 근대에 접어들면서 자신이 종말을 준비하는 천년왕국이나 새로운 에덴이라 주장하는 정치적 · 종교적 집단도 꾸준히 등장했다. 시간과 역사에 초월적 의미를 부여하기도 했고, 개인적 삶의 희망이 되기도 했다. 근대적인 묵시록의 바탕은 지금의 세상이 망하고 새롭고 더 완벽한 세상이 올 것이라는 믿음이다. 현재는 악의 세력이 더 크고 그 아래에서 핍박을 받고 있다고 믿는다. 흔히 묵시록은 천년왕국, 예수의 재림, 환란, 아마겟돈 등의 사건을 통해 종말이 이뤄지는 것을 말하지만, 최근에는 재난을 통한 종말을 묵시록의 사건으로

부른다. 이런 묵시록이 미국의 역사에서 꽃을 피우게 된다.

묵시록을 서구 사상의 서자로 취급하던 역사를 이해하는 건 어렵지 않다. 환란과 고통과 종말의 예언, 최후의 전쟁, 지구의 멸망, 휴거·재림과 같은 시간의 끝, 마지막 날을 상정하는 개념들을 체계적인 이해와 질서를 추구하는 서구 사상의 중심에서 수용하기란 쉽지 않았다. 그러나 역사와 시간이 끝날 것을 전제로 살아가는 세상에서 그 끝을 상상하는 건 필연적인 결과다. 이는 서구 기독교 문명의 한계이자 조건에 속하는 것이다. 서구의 사상에서 그 부분이 배제된 사상은 드물다. 아우구스티누스, 단테, 콜럼버스, 루터, 홉스, 뉴턴, 밀턴, 블레이크, 헤겔 등의 종말론을 황혼의 외도쯤으로 생각할 수 없는 이유다.

20세기 미국의 가장 유명한 영성가였고 참선의 수도사였던 토머스 머턴Thomas Merton이 묵시록의 언어로 미국에 대한 시*를 쓸 정도로 그 언어는 보편적인 것이었다. 그리고 그 끝에 대한 상상은 예언의 영역이었다. 새 하늘과 새 땅, 예루살렘의 정복, 천년왕국에 대한 예언은 서구의 역사를 구원의 역사와 만나게 했고 서구 중심주의의 근거가 되었다. 서구 역사의 근대라는 시대를 연 콜럼버스는 돈을 벌어 십자군전쟁을 일으켜 예루살렘을 되찾고자

---

* 머턴은 케루악이 길을 나서고 폴락이 드립페인팅을 시작한 1947년 『묵시록을 위한 형상들Figures for an Apocalypse』이라는 시집을 출간했다.

했다. 그것은 예수의 재림을 준비하는 수순이었고, 여기서 자신을 묵시적 종말론의 주인공으로 여긴 것이라 할 수 있다. 서구 역사의 절정인 근대라는 시대는 그런 종말의 시대정신으로 이루어진 것이다. 콜럼버스는 말년에 세상 끝을 예언하는 글까지 쓰면서 간접적으로나마 근대라는 시간의 묵시록적인 뿌리를 증명했다. 그러나 그 뿌리가 감추어질 수 없는 근대 서구 역사의 동력이었다는 사실을 미국의 역사에서 확인할 수 있다.

이 책에선 그 역사를 미국의 역사와 문화 그리고 신학과 철학의 관점에서 선별적으로 서술했다. 미국에서 활동하는 저자의 개인적인 경험과 관심에 기초한 관찰과 서술이었기에 다양한 주제와 인물을 다뤘다. 미국의 묵시록이라는 주제에 대한 체계적인 논의라고는 할 수 없지만, 적어도 그 주제의 보편성이나 확장성을 파악하는 데 도움이 되리라 생각한다. 나는 이 책에서 미국의 문화와 사상의 한 근거로 묵시록을 제시했지만, 그렇다고 미국의 모든 것이 묵시록을 통해 설명이 되는 것은 아니다. 다만 미국에 대한 설명에서 묵시록을 배제하면 미국 역사의 중요한 정신적 근거를 놓치게 된다는 생각을 하면서 썼다. 독자들이 미국에 대한 폭넓은 이해를 얻는 데 조금이나마 도움이 되는 책이 되길 바란다.

에필로그

대우휴먼사이언스 017

미국의 묵시록

종말론의 관점에서 미국을 말하다

1판 1쇄 찍음 | 2017년 11월 3일
1판 1쇄 펴냄 | 2017년 11월 10일

지은이 | 서보명
펴낸이 | 김정호
펴낸곳 | 아카넷

출판등록 | 2000년 1월 24일(제406-2000-000012호)
주소 | 10881 경기도 파주시 회동길 445-3
전화 | 031-955-9511(편집) · 031-955-9514(주문)   팩시밀리 | 031-955-9519
www.acanet.co.kr | www.phildam.net

Printed in Seoul, Korea.

ISBN 978-89-5733-574-1 03810

이 도서의 국립중앙도서관 출판예정도서목록(CIP)은 서지정보유통지원시스템 홈페이지(http://seoji.nl.go.kr)와
국가자료공동목록시스템(http://www.nl.go.kr/kolisnet)에서 이용하실 수 있습니다.(CIP제어번호:CIP2017028071)